设 计 一 点 通

环艺设计
制图与识图

韦自力　主编

陶雄军　著

广西美术出版社

U0127674

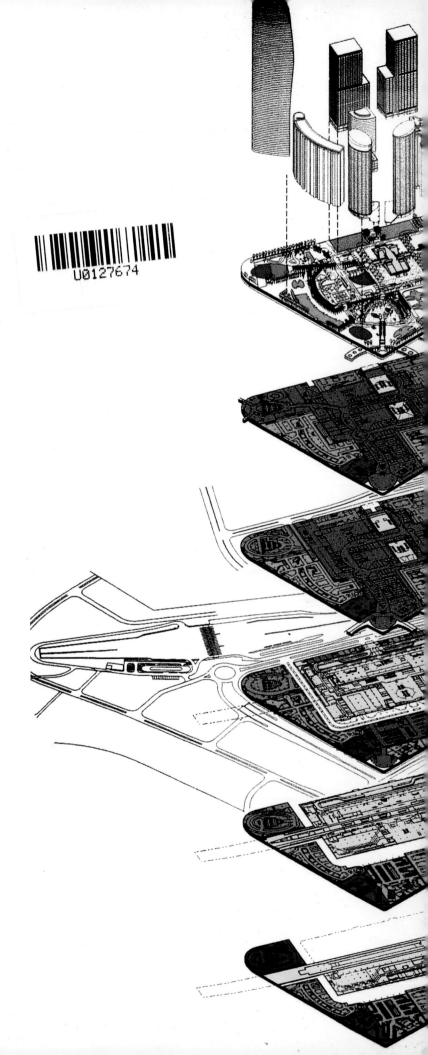

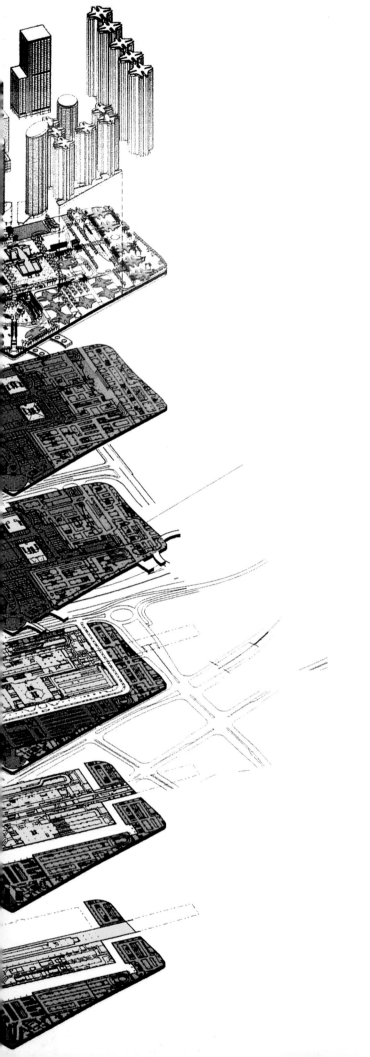

图书在版编目（CIP）数据

环艺设计制图与识图／陶雄军著. —南宁：广西美术出
版社，2004.4
（设计一点通）
ISBN 7-80674-522-X

Ⅰ.环… Ⅱ.陶… Ⅲ.①工程制图②工程制图—识图法 Ⅳ.
TB23

中国版本图书馆 CIP 数据核字（2004）第 034556 号

丛 书 名： **设计一点通**

书　　名： **环艺设计制图与识图**

艺术顾问：黄格胜

主　　编：韦自力

本册著者：陶雄军

编　　委：柒万里　黄文宪　汤晓山　韦自力

　　　　　黄焱冰　罗　鸿　江　滨　周景秋

　　　　　何　仟　陶雄军　梁新建　左剑虹

　　　　　袁筱蓉　李梦红

出版策划：杨诚

责任编辑：杨诚　罗茵

装帧设计：易言

出版人：伍先华

出版发行：广西美术出版社

制版印刷：深圳雅昌彩色印刷有限公司

版　　次：2004 年 5 月第 1 版第 1 次印刷

开　　本：889mm × 1194mm　1/16

印　　张：4

书　　号：ISBN 7-80674-522-X/TB · 3

定　　价：20.00元

前　言

　　随着社会经济水平的不断提高，设计在人们的生活中占有越来越大的比重。交通工具设计、环境艺术设计、服装设计、平面设计等等，不胜枚举。但要成为一个出类拔萃的设计师，并在自己的专业领域独挡一面却非易事。其中基础设计原理的学习，就是不可缺少的重要环节。

　　这套丛书的指向就是那些需要打好设计基础的设计类在校生以及准备报考设计类专业的考生。

　　该丛书的特点与众不同。一般的此类书籍只讲基础理论和设计元素练习，而该丛书不仅讲述基础理论和设计元素练习，还用大量的实例讲解基础理论和设计元素是如何在设计实践中应用的，其应用效果如何，并附有详细的作品点评，解决了学习设计基础不知道怎么用、基础学习与设计实践相脱节的教学问题。

　　我校设计学院大部分教师及研究生多年来一直参与设计基础的教材编写。他们从教多年，大部分在清华大学美术学院、同济大学等国内著名院校学习过，理论基础及实践经验丰富，是一支充满活力的队伍。该基础设计原理丛书汇集了他们多年来的教学及科研成果。

　　设计需要不断创新，教材也需要不断创新。希望本套丛书的出版与发行，能够给读者带来全新的气息和信息，并能从中受益。

教育部高校艺术类专业教学指导委员会副主任委员
广西艺术学院院长
美术学硕士研究生导师、教授　　　2004 年春

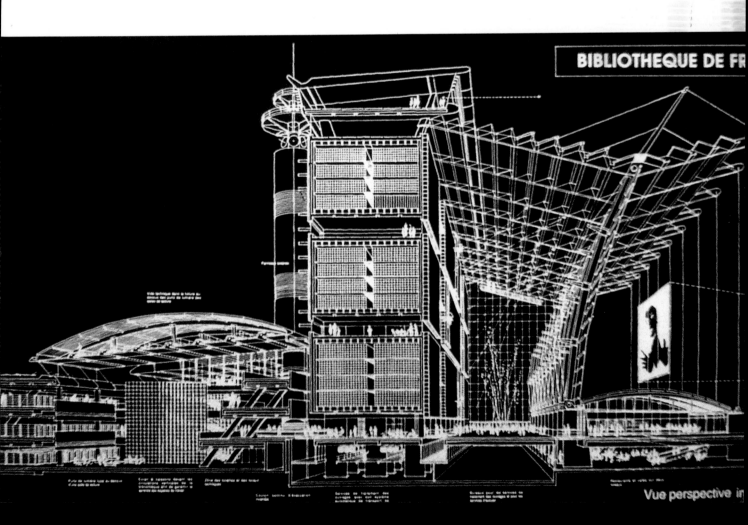

目录

第一章　投影概念和正投影图

一、制图中的投影概念

光线照射物体，在墙面或地面上产生影子；当光线照射角度或距离改变时，影子的位置、形状也随之改变，人们从中认识到光线、物体和影子之间存在着一定的内在联系。投影原理就是从中总结出来的一些规律，作为制图的理论依据。

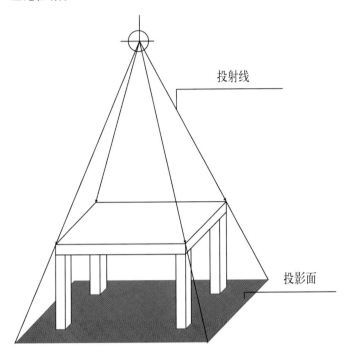

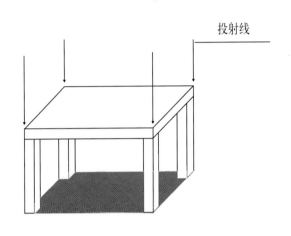

图 1—1

由一点放射的投影线所产生的投影称为中心投影（图1-2），由相互平行的投射线所产生的投影称为平行投影。平行投影又分为两种：平行投射线与投影面斜交的称为斜投影（图1-3）；平行投射线垂直于投影面的称为正投影（图1-4）。

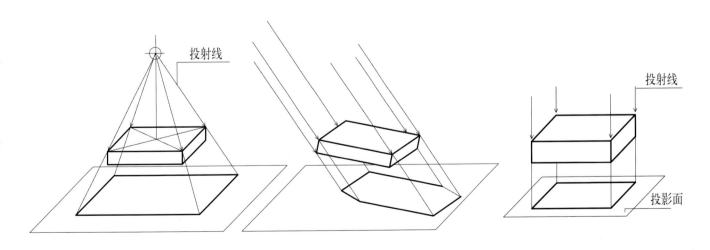

图1-2 中心投影
制作透视图的原理

图1-3 斜投影
制作轴测图的原理

图1-4 正投影
制作工程图的原理

工程图纸一般都是按照正投影概念绘制的，即假设投射线互相平行，并垂直于投影面。还假设投射线是可以透过物体的（图1-5）。

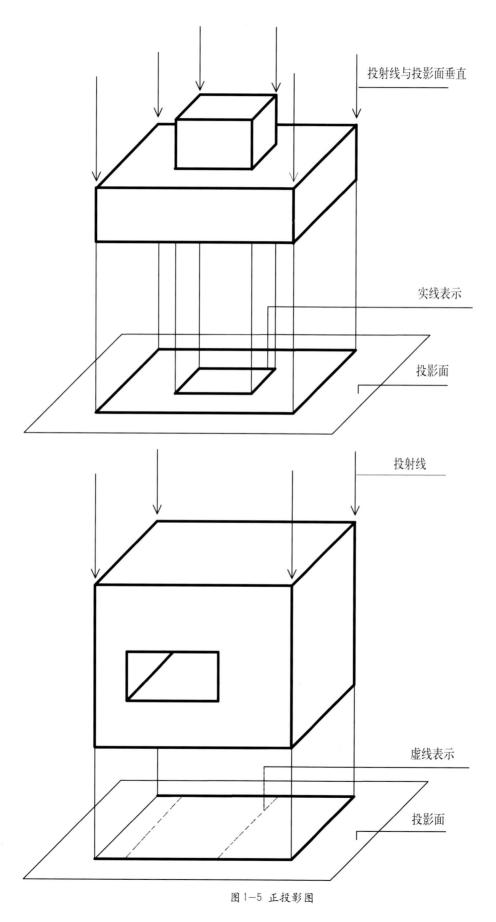

图1-5 正投影图

二、点线面的正投影基本规律

1. 点的正投影规律仍是点（图 1-6）。

2. 直线的正投影规律。

a. 直线平行于投影面，其投影是直线并反映实长（图 1-7）。

b. 直线垂直于投影面，其投影集聚为一点（图 1-8）。

c. 直线倾斜于投影面，其投影仍是直线，但长度缩短（图 1-9）。

d. 直线上一点的投影，其投影必在该直线的投影上。

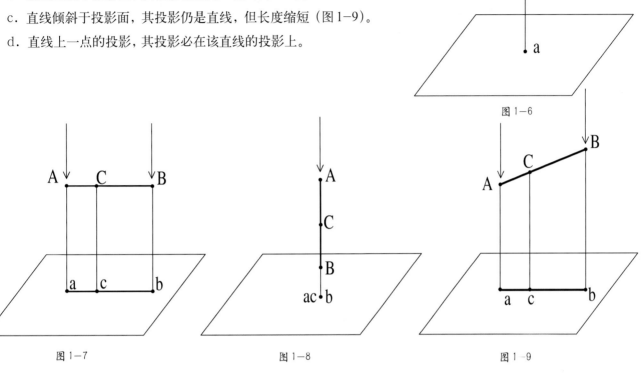

图 1-6

图 1-7

图 1-8

图 1-9

3. 平面的正投影规律。

a. 平面平行于投影面，投影反映平面实形，形状大小不变（图 1-10）。

b. 平面垂直于投影面，投影集聚为直线（图 1-11）。

c. 平面倾斜于投影面，投影变形面积缩小（图 1-12）。

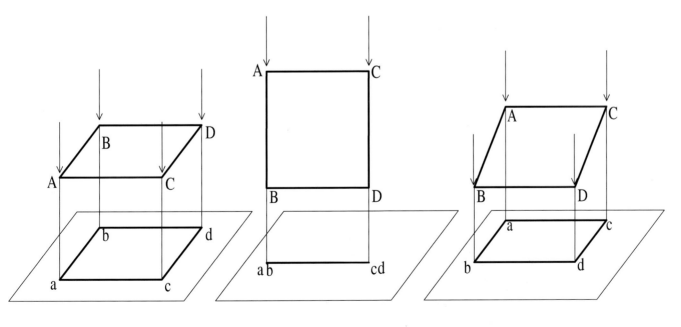

图 1-10

图 1-11

图 1-12

三、三面正投影图

三面正投影图的形成

一个正投影图能够表现一个物体侧面的形状，但还不能表现出物体的全部形状。将物体放在三个相互垂直的投影面之间，就能得到这个物体三个方面的正投影图（图1-13）。一般的物体用三个正投影图结合起来就能反映它全部形状和大小。

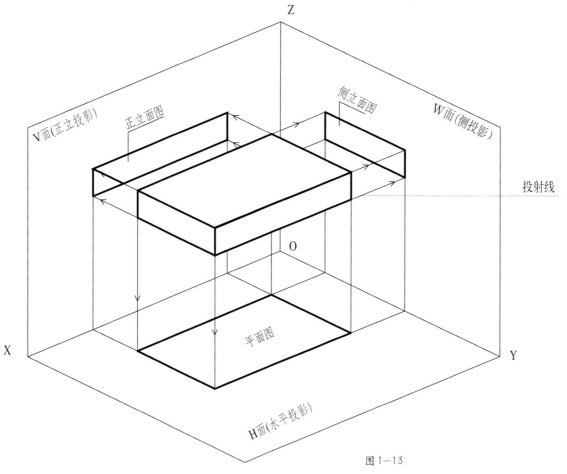

图1-13

三个投影面的展开

三个投影面展开就能画在一张平面的图纸上了。三个投影面展开后，三条投影轴成为两条垂直相交的直线；原OX、OZ轴位置不变，原OY轴则分成OY_1、OY_2两条轴线（图1-14）。

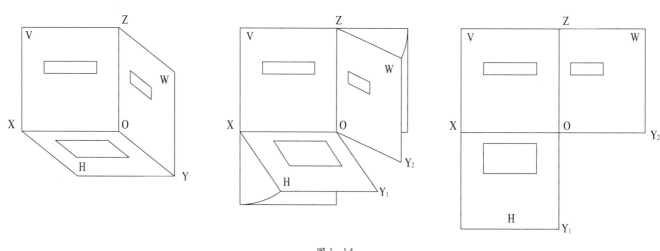

图1-14

第二章 平面体的投影

学习制图，首先要掌握各种简单形体的投影特点和分析方法。在建筑工程中，经常会遇到各种形状的物体，它们的形状虽然复杂，但可以看出都是由各种简单几何体组合而成（图2-1）。

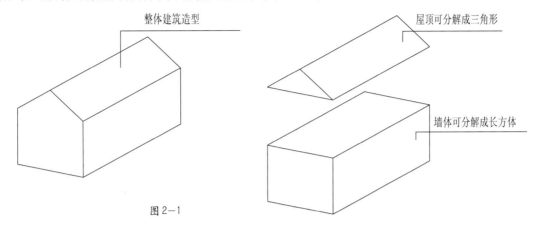

图2-1

物体表面是由平面组成的称为平面体。建筑工程中绝大部分的物体都属于这一种。组成这些物体的简单形体有：正方体、长方体、棱柱、棱锥、棱台（统称为斜面体），见（图2-2）。

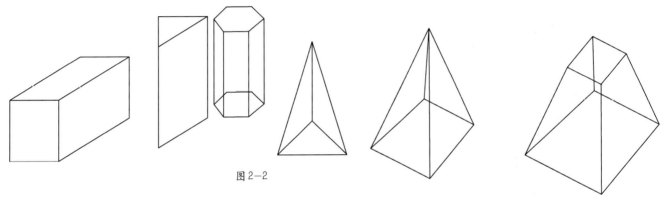

图2-2

一、长方体的投影

把长方体放在三个相互垂直的投影面之间，前后与V面平行；左右与W面平行；上下与H面平行。这样所得到的长方体三面正投影图，反映了长方体的三个方面的实际形状和大小（图2-3）。各种工程的图纸大多是采用此方法绘制。

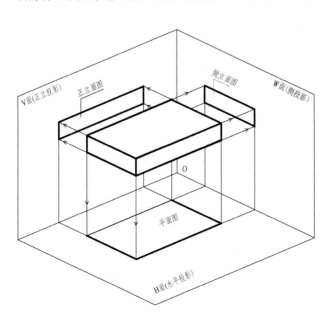

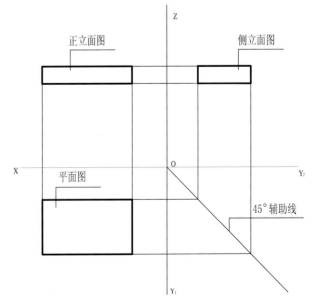

图2-3

通过对以上实例分析可以看出同一物体的三个投影图之间具有"三等"关系，即：1．正立投影与侧投影等高；2．正立投影与水平投影等长；3．水平投影与侧投影等宽。

在制图中有些物体只需一个或两个视图就能反映全貌,而大多物体需三至四个视图或者结合轴测图才能表示清楚。

下列物体只需一个或两个视图就能反映全貌。

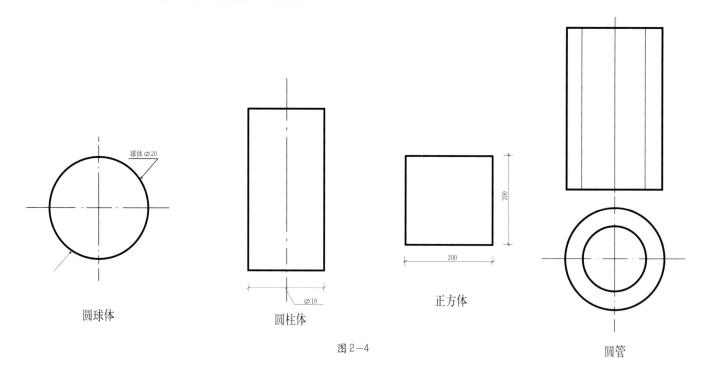

图 2—4

下列情况物体两个视图就不能反映全貌。

我们可以通过对绘制不明确的图纸，把物体想像成符合该投影图的各种形状。

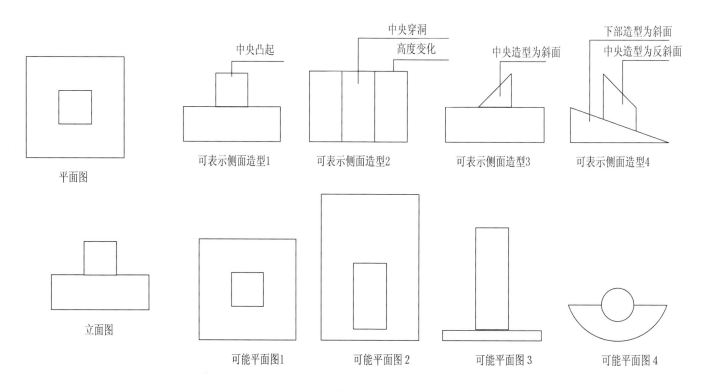

图 2—5

二、长方体组合体的投影

建筑制图经常遇到的物体多数是简单形体的组合体，现从制图与识图两方面分析长方体组合体的投影。

对照实物画三面正投影图

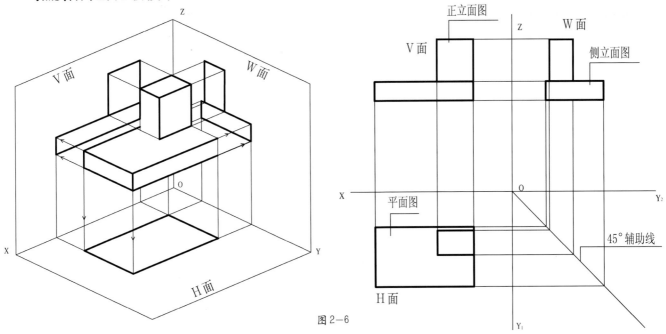

图2—6

画图步骤（图2—6）

1．先画正立投影（或水平投影），物体上的正面与V面平行，投影反映实形。朝上的面和朝左的面在V面上的投影集聚成直线。

2．根据正立投影与水平投影长相等的关系画出水平投影（或正立投影）。

3．根据"三等"的关系画出侧投影图。

图例

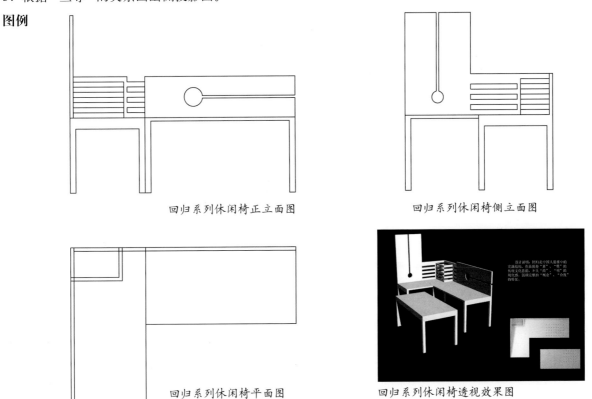

回归系列休闲椅正立面图　　　　回归系列休闲椅侧立面图

回归系列休闲椅平面图　　　　回归系列休闲椅透视效果图

图2—7　韦自力、毛军、李开贵作品

7

三、斜面体的投影

凡是带有斜面的平面体，统称为斜面体。斜面和斜线都是对一定的方向而言的。在制图中斜面、斜线是指物体上与投影面倾斜的线和面。斜面的形状及方向、角度虽然有各种不同情况，但按其与投影面的关系可归纳为两种：一种是与两个投影面倾斜，与第三投影面垂直，叫做斜面；另一种是与三个投影面都倾斜，称为任意斜面。

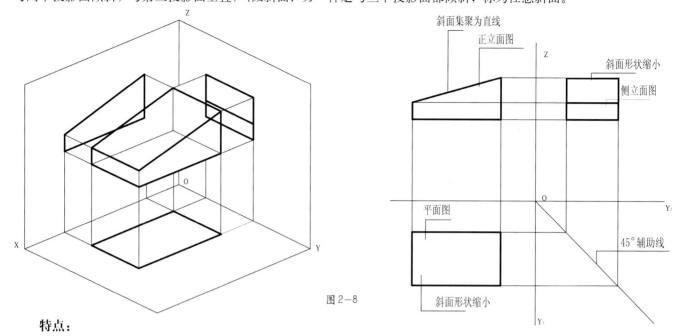

图 2—8

特点：

(1)垂直于一个投影面的斜面，在该投影面上的投影集聚为直线，并反映斜面与另两个投影面的倾斜角度，此斜面的其余两个投影形状缩小。

(2)平行于一个投影面的斜线，在该投影面上的投影反映实长，并反映斜线与另两个投影面的倾斜角度，此斜线的其余两个投影变短。

(3)任意斜线的三个投影都是斜线，都不反映实长。

四、斜面体组合体的投影

多数形状复杂的斜面体组合体，都可以看成是几个简单形体叠加在一起的一个整体。只要画出各简单体的正投影，按它们的相互位置叠加起来，即成为斜面体组合体的正投影（图2—9）。

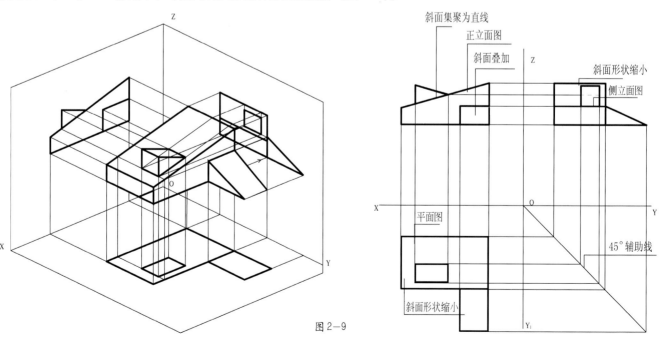

图 2—9

五、任意斜面投影的辅助面画法

用水平辅助线沿 E″F″ 和 G″H″ 作两个水平辅助面，这两个面的水平投影都是三角形 ABC 的相似三角形，各边与相应的锥体底边平行，交线 EF 和 GH 水平投影就是这两个三角形上的相应线段。再利用交线的水平投影作出交线的正立投影（图 2-10）。

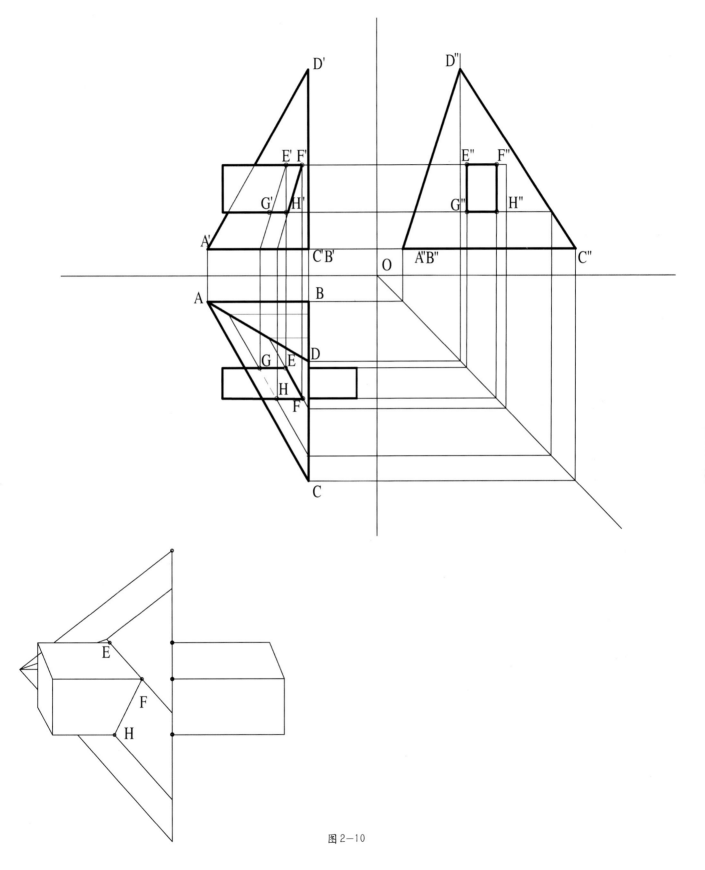

图 2-10

第三章 曲面体的投影

一、曲线和曲面

古典与现代建筑设计中大量采用曲线与曲面造型，在制图中是较难掌握的重要部分。

曲线是点按一定非直线规律运动而形成的轨迹。

曲面是由曲线或直线按一定规律运动而形成的面。

建筑造型中的曲面体主要分为四大类：球体类、圆柱类、圆锥类、自由曲面类（图3-1）。

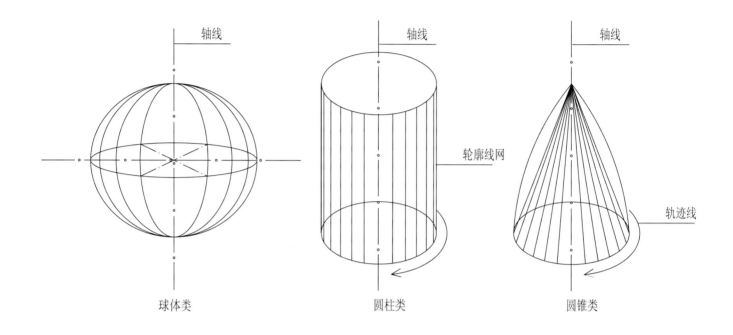

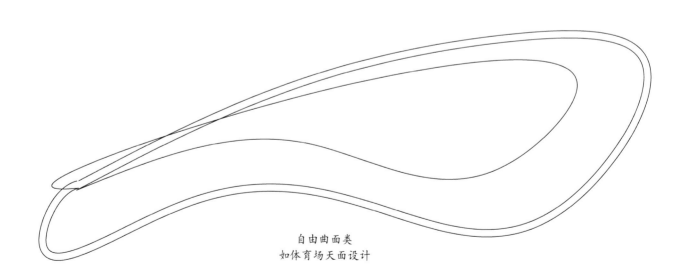

自由曲面类
如体育场天面设计

图3-1

二、曲面体的投影

球体投影图

球面是由弧线沿旋转轨迹运行而成，是一种曲线曲面。球体的三个投影都是球形，是三个投影面分别平行并过球心的圆的投影（图3-2）。

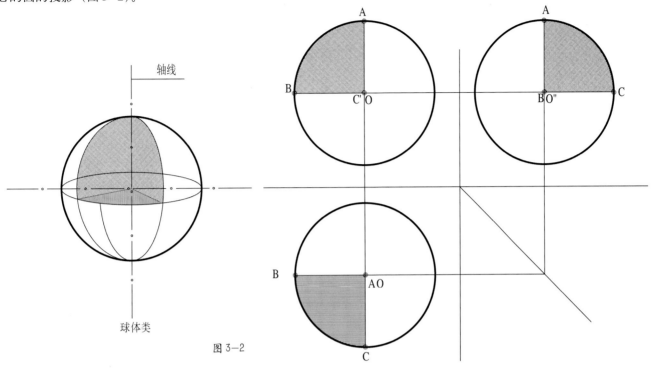

图3-2

圆柱体、锥体的投影图

圆柱体是一个直线曲面。柱面上的所有轮廓线都垂直于H面，整个柱面也垂直于H面，其投影集聚为一个圆（图3-3）。

圆锥体是一个直线曲面。锥面上的所有轮廓线都和H面成一定角度，水平投影为圆形同时也是锥面的投影。圆心S点是锥顶的投影（图3-3）。

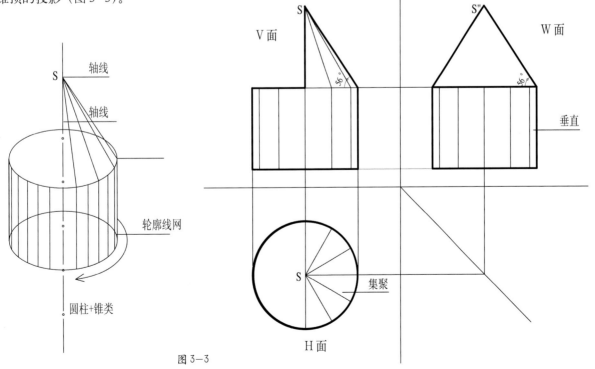

图3-3

三、曲面体的截面投影

当曲面体被一个平面截切时，曲面体轮廓线与截切平面的交线称为截交线，曲面体被截切部分平面称为截面（图3-4）。

任何曲面体都有一定的体积，它被平面截断时截交线是一条封闭的平面曲线，并由共有点连接而成（图3-5）。

在建筑工程制图中截交线与截面的投影形状，具有重要实用性，应用范围广泛。

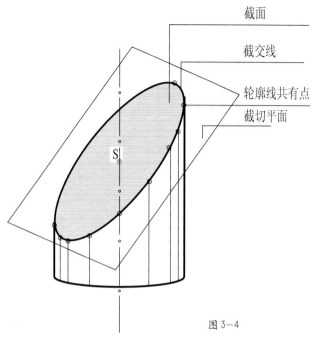

图 3-4

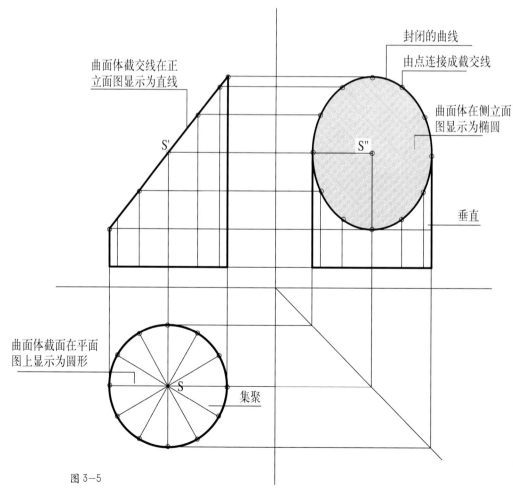

图 3-5

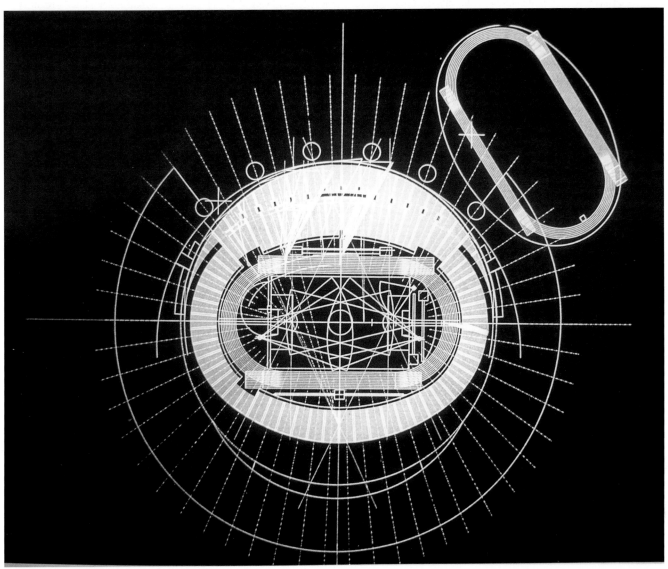

工程设计总平面图

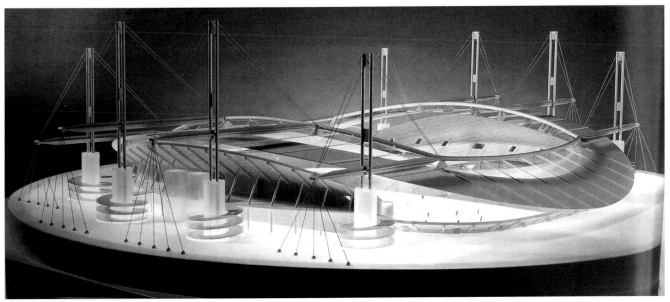

工程设计透视效果图

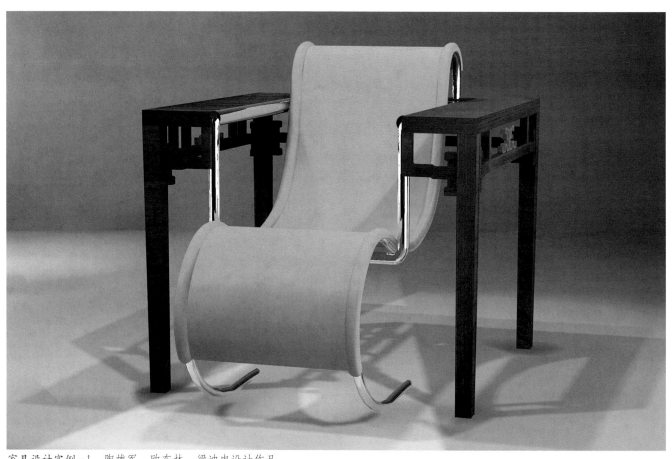

家具设计实例－1　陶雄军　欧东林　梁迪申设计作品

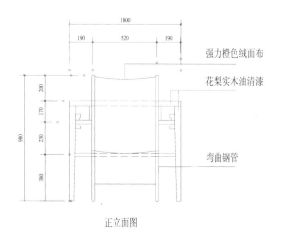

强力橙色绒色面布

花梨实木油清漆

弯曲钢管

正立面图

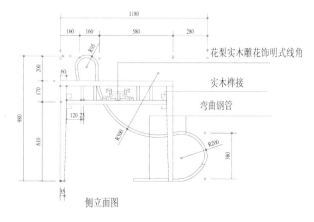

花梨实木雕花饰明式线角

实木榫接

弯曲钢管

侧立面图

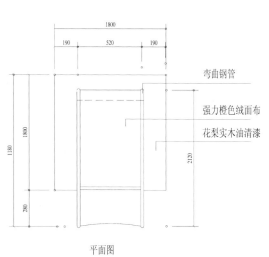

弯曲钢管

强力橙色绒色面布

花梨实木油清漆

平面图

设计说明：
　　新思想、新理念与中国传统思维相结合的发展方向，是本设计的切入点，本案例从形式、结构、工艺等方面都体现了中国传统文化所特有的自然、平和、脱俗、内敛的韵味而有所突破，是"继承与发展"的观点在设计中的体现。

《吉祥如意椅》系列之一　　585mm × 470mm × 1195mm　　紫檀木　　韦自力　　毛军　　李开贵作品

设计说明：
　　本设计运用中国传统思维与现代新思想、新理念的融合。从形式及结构、工艺等方面，体现出中国传统文化所追求的自然、灵动、脱俗、内敛的韵味。

《吉祥如意椅》系列之二　　585mm × 470mm × 1195mm　　紫檀木　　韦自力　　毛军　　李开贵作品

第四章　轴测投影图

一、轴测投影图的基本概念

　　一些物体用三视图也很难表现清楚其形状，况且不易看懂，想像出其形状很费劲，而轴测图则是用一个图形从一定角度直接表现物体的立体形状，具有直观的立体感。轴测图在建筑工程图纸中很常用，主要用以表现重点部位及特殊造型的形状。

　　三面正投影图是将物体放在三个相互垂直的投影面之间，投影而成的。轴测投影图是用一组平行投射线将物体连同三个轴，一起投在一个新的投影面上形成的。因而物体三个方向的面，均同时表示出来（图4-1）。

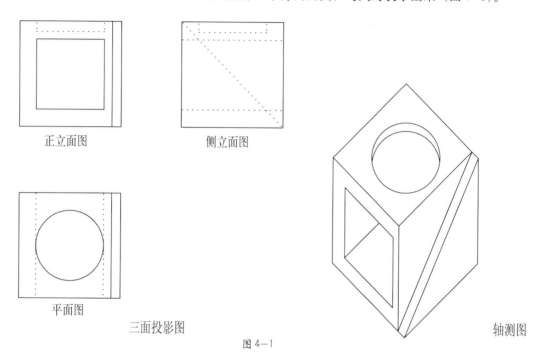

正立面图　　　　侧立面图

平面图

三面投影图　　　　　　　　　　　　　　　　　　　　　　　轴测图

图 4-1

　　将物体三个方向的面及其三个坐标轴与投影面倾斜，投射线垂直投影面，称为轴测正投影，简称正轴测（图4-2）。

　　将物体一个方向的面及其两个坐标轴与投影面平行，投射线与投影面斜交，称为轴测斜投影，简称斜轴测（图4-3）。

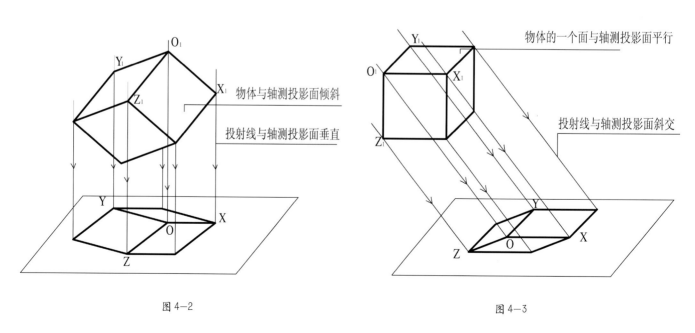

图 4-2　　　　　　　　　　　　　　　　　　　　　　　　　　图 4-3

二、几种常用的轴测投影图

轴测正投影

1. 三等正轴测（正等测）

以正立方体为例，投射线方向系穿过物体的对顶角，并垂直于轴测投影面。三个坐标轴与投影面的倾斜角度完全相等，变形系数也相等，三个轴间角也相等均为120°（图4-4）。三等正轴测在建筑制图中是最常用的一种，但完成的轴测图比物体的实际投影图稍大。

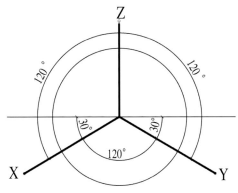

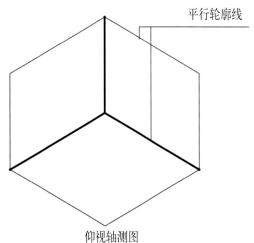

仰视轴测图

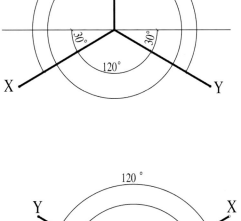

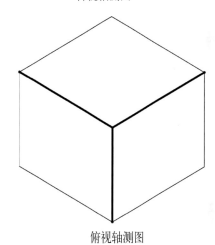

俯视轴测图

图4-4

2. 二等正轴测（正二测）

二等正轴测（或称正二测）的特点是：三个坐标中有两个轴与轴测投影面的倾斜角度相等，这两个轴的变形系数相等，三个轴间角有两个相等（图4-5）。

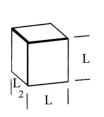

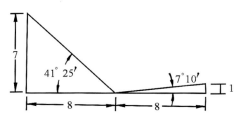

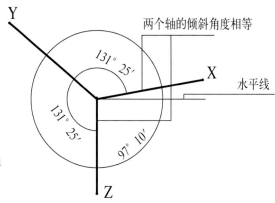

图4-5

轴测斜投影

在正轴测图中物体的任何一个面的投影均不能反映其实形。当物体的一个面形状复杂且曲线较多时，采用斜轴测制图会比较快捷。

1. 水平斜轴测

水平斜轴测：物体的水平面平行于轴测投影面，其投影反映实形，X、Y轴平行轴测投影面，均不变形为原长，它们之间的轴间角为90°。Z轴常为铅垂线，X轴常为水平线。Y轴为斜线，它与水平线夹角常用30°、45°、60°，也可自定，它的变形系数可不考虑（图4-6）。

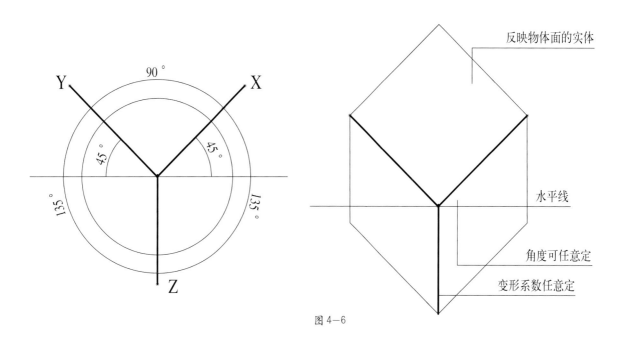

图4-6

2. 正面斜轴测

正面斜轴测的特点是：物体的正立面平行于轴测投影面，其投影反映实形，所以X、Z两轴平行轴测投影面，均不变形为原长，它们之间的轴间角为90°。Z轴常为铅垂线，X轴常为水平线。Y轴为斜线，它与水平线夹角常用30°、45°或60°，也可自定，它的变形系数可不考虑，也可定为3/4、2/3或1/2（图4-7）。

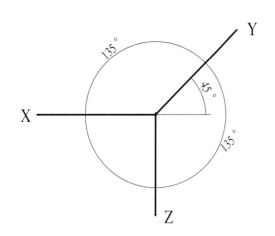

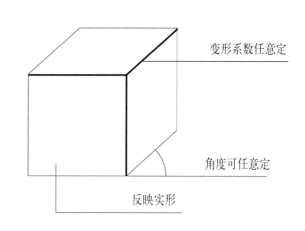

图4-7

三、轴测投影作图法

基本作图步骤

1．作轴测图首先应了解物体的三面正投影图的形状及特点。

2．选择角度，分析何种角度最能体现物体的形状特点。根据不同的物体而选取俯视、仰视、左视、右视图。

3．选择合适的轴测轴，确定物体的方位。选择比例，沿轴按比例量取物体的实际尺寸。

4．根据空间平行线的轴测投影平行的规律，将平行线连接。

例题

学生课堂作业：用水平斜轴测法作专卖店轴测图（图4-8）。

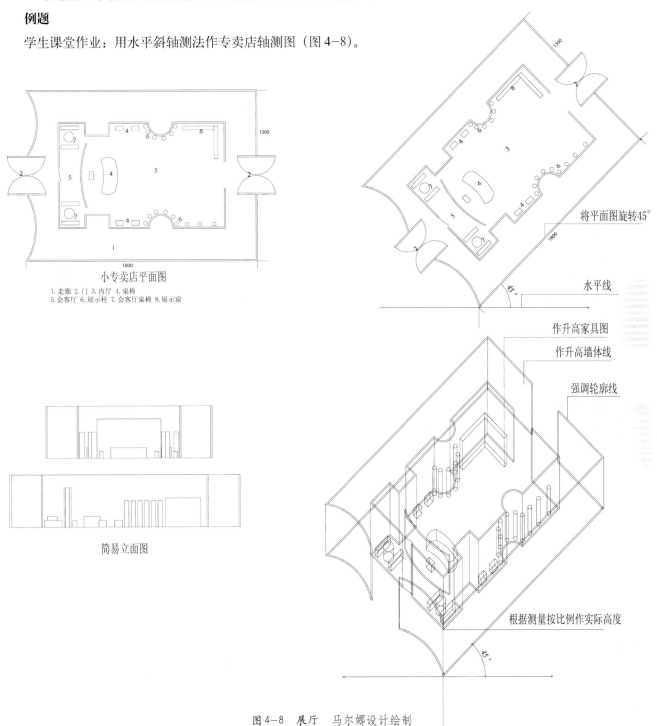

小专卖店平面图

1.走廊 2.门 3.内厅 4.桌椅
5.会客厅 6.展示柱 7.会客厅桌椅 8.展示窗

简易立面图

将平面图旋转45°

水平线

作升高家具图

作升高墙体线

强调轮廓线

根据测量按比例作实际高度

图4-8 展厅 马尔娜设计绘制

轴测图更直观地表现对象物体的具体造型，尤其是物体造型扭曲和变形较大的情况下其专业特性更能显现出来，但对物象尺寸和比例常常表达不清，因此，只作为工程辅助图使用。

例题

学生课堂作业：用水平斜轴测法作小展厅轴测图。

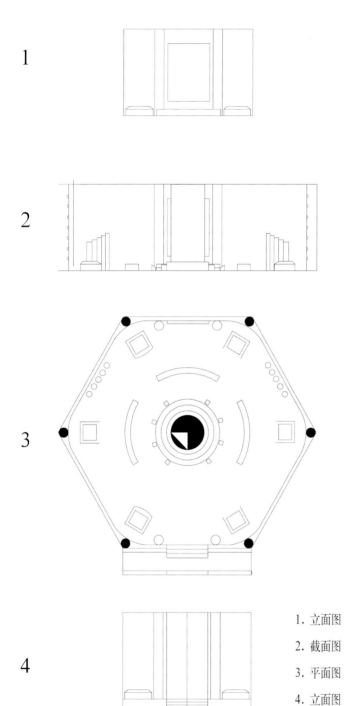

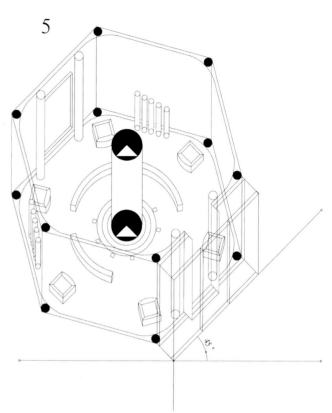

1. 立面图
2. 截面图
3. 平面图
4. 立面图
5. 轴测图

设计说明：展厅外形是以正六边形为主，展厅重点突出了中央的雕刻着非洲木雕的大树。大树根部延伸到地板下，地板采用透明玻璃。这是整个展厅的主要部分。四周围绕着六个站台，分别展出六个大型的、独立的木雕。整个展厅面所展之物不多，但都是精品，让人们印象深刻。

图4-9 展厅 黄文娟设计绘制

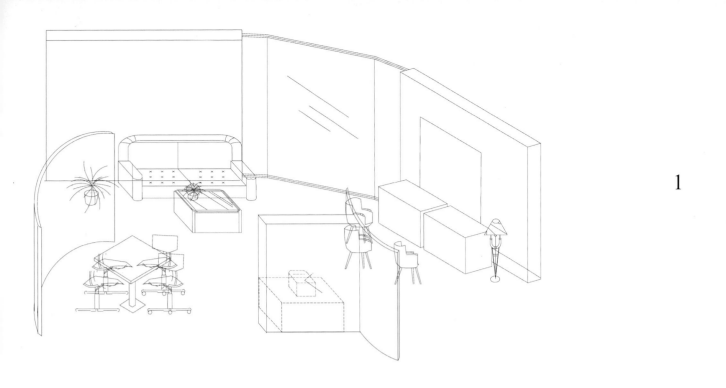

1

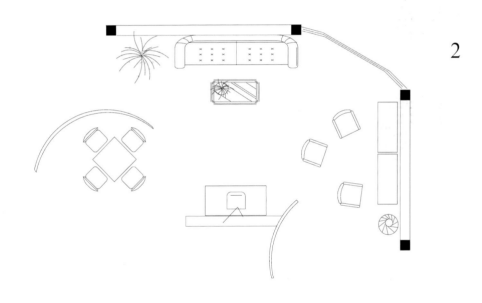

2

1. 展厅轴测图

2. 展厅平面图

3. 展厅正立面图

3

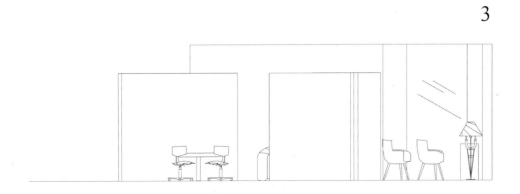

图 4—10 展厅　陈旭设计绘制

轴测图实例

对于建筑工程计划书而言，将建筑不同功能不同区域的核心内容系统化表达，有机地处理各方面关系，最易为人们所接受，赢得使用方的尊重。

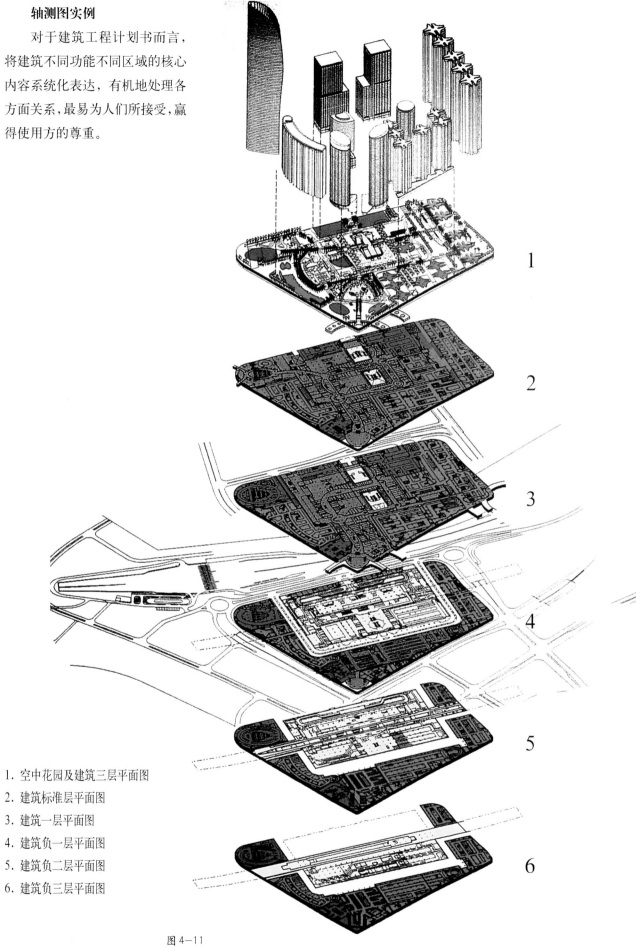

1. 空中花园及建筑三层平面图
2. 建筑标准层平面图
3. 建筑一层平面图
4. 建筑负一层平面图
5. 建筑负二层平面图
6. 建筑负三层平面图

图 4—11

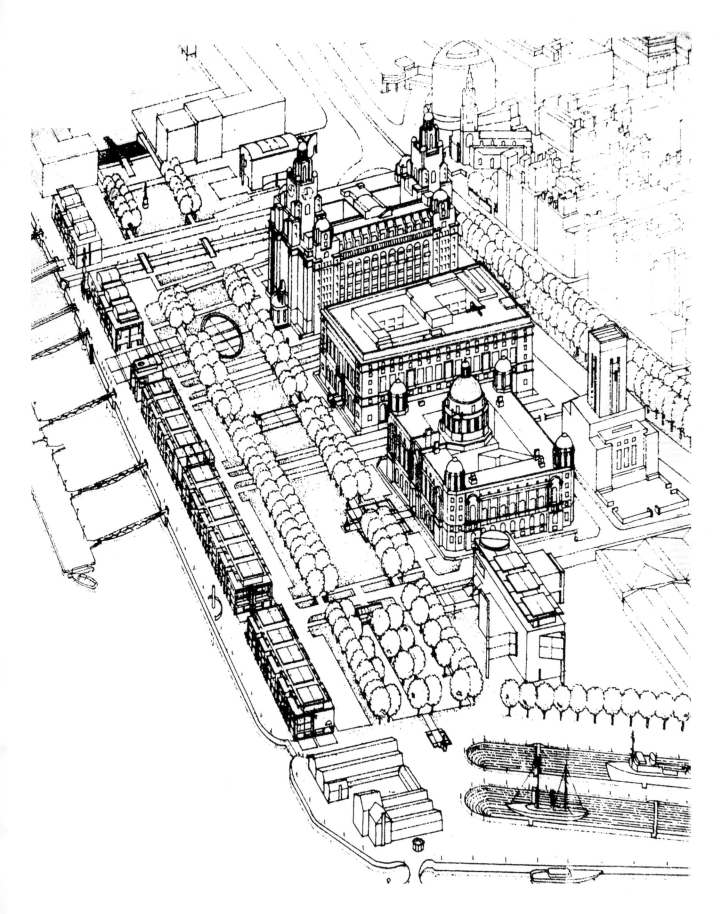

图 4-12　运用二等正轴测绘制方法表现环境景观较为有利，对于整体规划和细小元素的表达更接近于人们常见的透视鸟瞰图，易为常人接受。

办公家具轴测图示例

施工图纸尺精确到1毫米，体现出工业化产品的高质量，高精度。

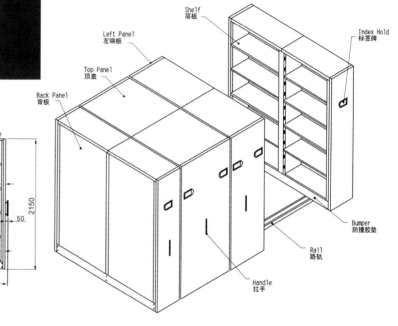

Shelf 层板
Left Panel 左端板
Top Panel 顶盖
Back Panel 背板
Index Hold 标签牌
Bumper 防撞胶垫
Rail 路轨
Handle 拉手

70　35　35
865　376　70
35　24
110　35
50
2150　2150

10　10　10
410　660　760　410

D=连数X900+155

尺寸意图

图 4—13

多种屏风桌面组合形式

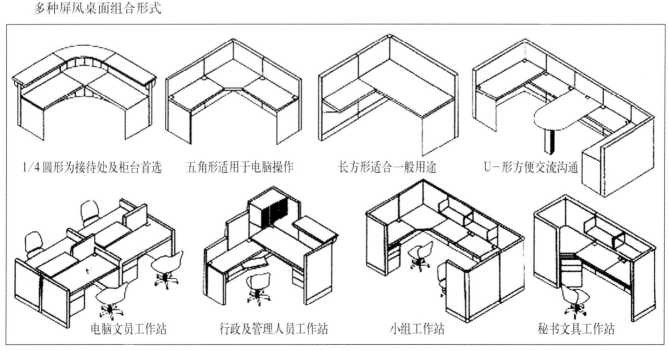

1/4圆形为接待处及柜台首选　　五角形适用于电脑操作　　长方形适合一般用途　　U-形方便交流沟通

电脑文员工作站　　行政及管理人员工作站　　小组工作站　　秘书文具工作站

图 4—14

区域规划透视效果图

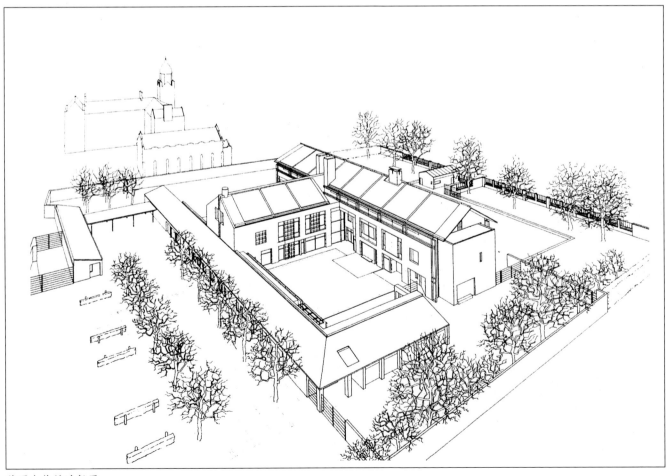

英国大使馆透视图

第五章　新建筑制图规范及标准

一、建筑及室内设计的平面图

建筑的平面图即建筑的水平剖视图。把一栋房屋的窗台以上部分剖切掉，切面以下部分的水平投影图就叫平面图。一栋多层高楼若每层布局不相同，则每层均需要画平面图，相同的楼层可以只画一个标准层平面图。

平面图主要用以表示建筑占地的面积大小、内部的空间、楼梯、门窗等局部构造的位置和大小。在建筑及室内装饰施工中，平面图作为其余图纸的依据和基础，作用非常大，可分为规划总平面图、建筑群及单体建筑平面图（图5-1）、建筑局部空间平面图、室内装饰设计平面布置图（图5-2）等。

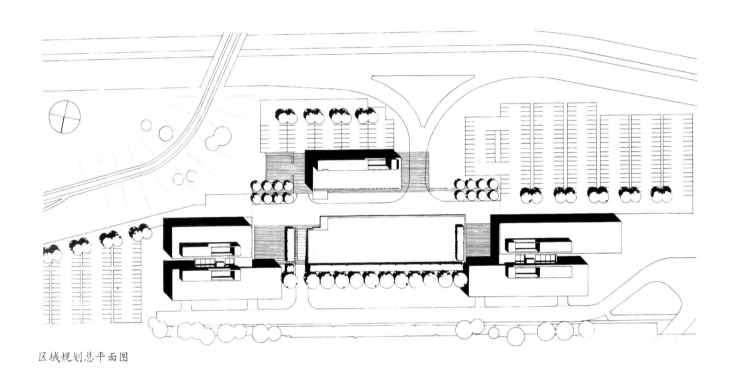

区域规划总平面图

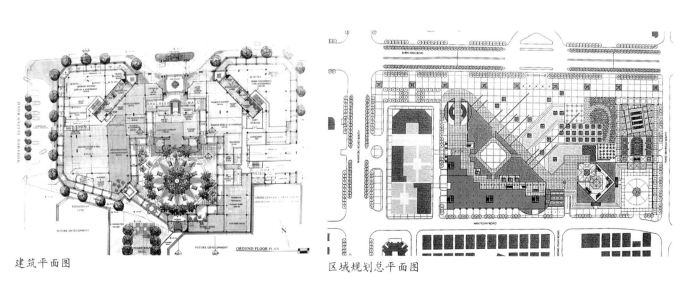

建筑平面图　　　　　　　　　　　　区域规划总平面图

图5-1

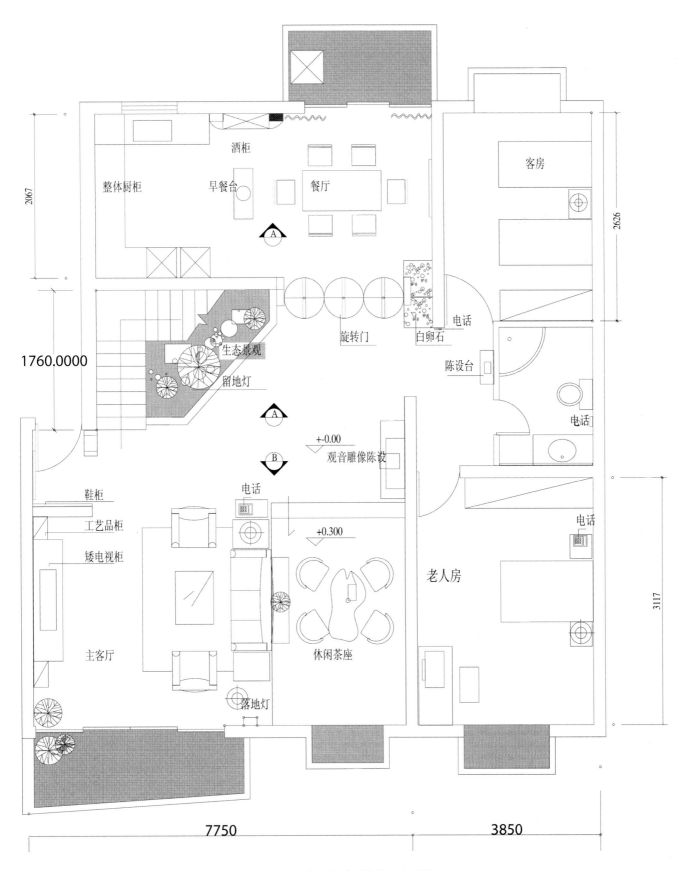

酒柜

整体厨柜

早餐台

餐厅

客房

Ⓐ

旋转门

白卵石

电话

生态景观

陈设台

落地灯

电话

2067

1760.0000

+-0.00

观音雕像陈设

Ⓐ

Ⓑ

鞋柜

电话

工艺品柜

矮电视柜

+0.300

老人房

电话

主客厅

休闲茶座

落地灯

2626

3117

7750

3850

图5-2　室内装饰设计平面布置图

室内实景照片

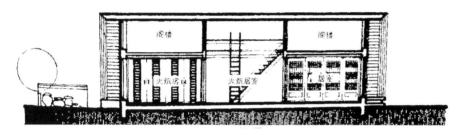

建筑剖立面图

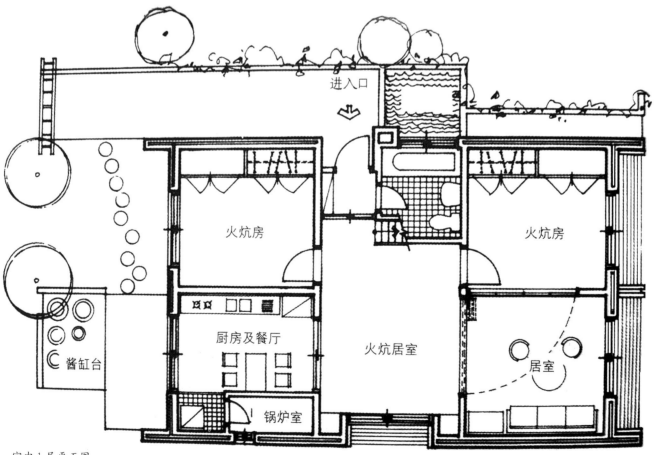

室内1层平面图

图5—3

二、建筑及室内的立面图

建筑立面图就是它的正立面与侧立面投影图。为了增强方位感，通常根据建筑的朝向，将投影图叫做南立面、北立面、东立面、西立面等。

建筑立面图主要标明建筑物外形，长、宽、高尺寸，屋顶的形式，门窗及墙面造型的位置，饰面材料等。

室内装饰立面图主要标明，长、宽、高尺寸，门窗及墙面造型的位置，饰面材料等（图5-4）。

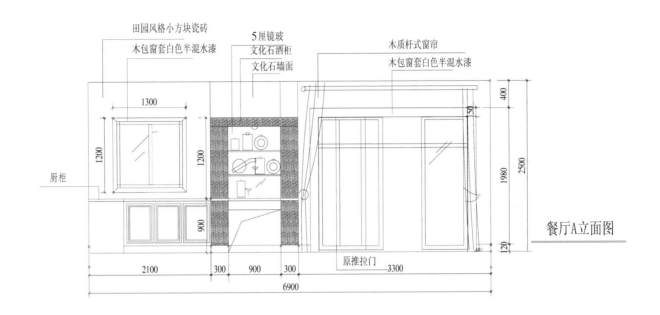

餐厅A立面图

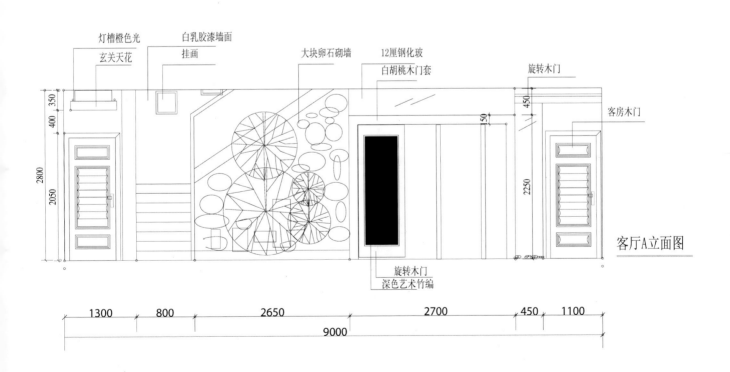

客厅A立面图

图5-4

建筑实景照片

建筑正立面图

建筑外观实景照片

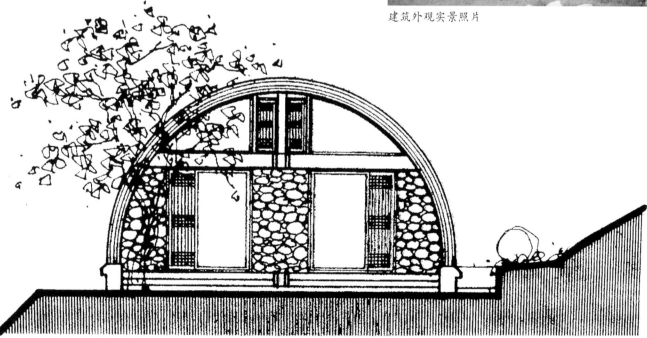

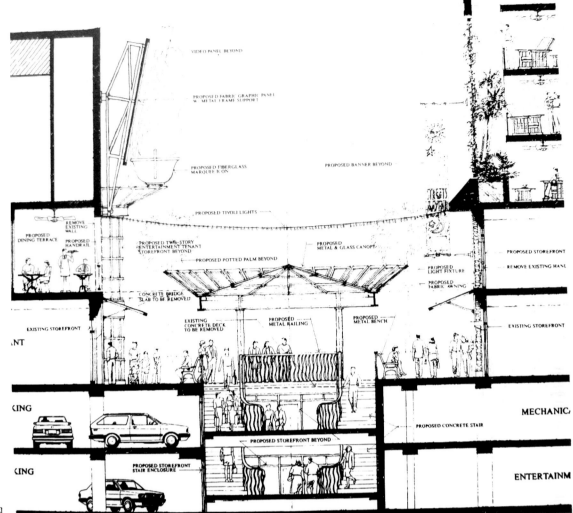

建筑剖立面图

建筑正立面图

建筑平面图

建筑透视效果图

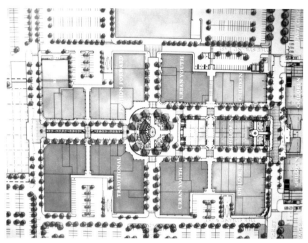

区域规划总平面图

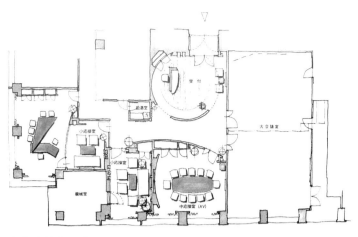

室内设计平面图

建筑立面效果图

建筑剖立面图

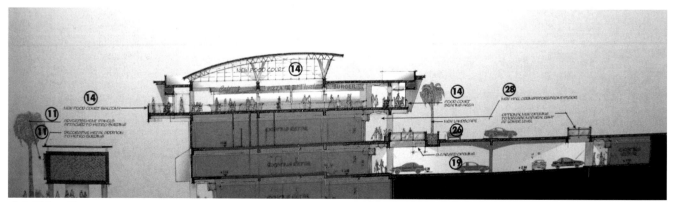

建筑剖立面图

新议会大楼（柏林）

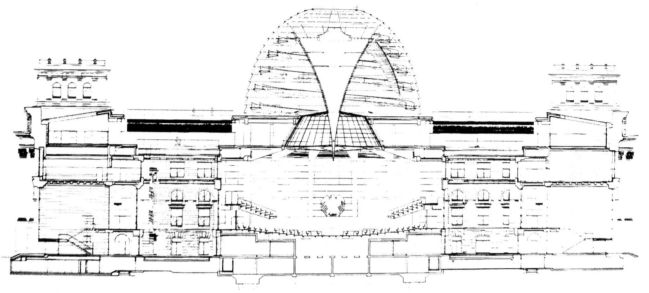

建筑剖立面图

建筑改造完工后的实景照片

三、图纸幅面规格与图纸编排

图纸幅面及图框尺寸，应符合表5-5的规定及图的格式。一个工程设计中每个专业所使用的图纸，一般不宜超过两种幅面，并要留有标题栏（表5-5）。

单位：mm

尺寸代号 ＼ 幅面代号	A0	A1	A2	A3	A4
b×l	841×1189	594×841	420×594	297×420	210×297
c	10			5	
a	25				

表5-5

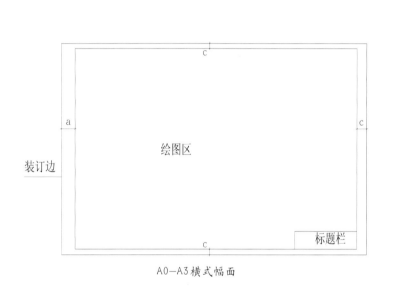

A0—A3横式幅面

A0—A3竖式幅面

设计单位名称区			
签字区	工程名称区		图号区
	图名名称区		

表5-6 标题栏一般式样

工程图纸应按专业顺序编排。一般应为图纸目录、总平面图、建筑图、结构图、给排水图、暖通空调图、电气图等。各专业的图纸，应该按图纸内容的主次关系、逻辑关系，有序排列。

四、图线、字体、比例

每个图样，应根据复杂程度与比例大小，先选定基本线宽 b，再选用表 5-7 中相应的线宽组。

线宽比	线宽组　单位：mm					
b	2.0	1.4	1.0	0.7	0.5	0.35
0.5b	1.0	0.7	0.5	0.35	0.25	0.18
0.25b	0.5	0.35	0.25	0.18	—	—

表 5-7

建筑设计及装饰工程制图，应选用表 5-8 所示的图线。

名称		线型	线宽	一般用途
实线	粗	——————	b	主要可见轮廓线
	中	————	0.5b	可见轮廓线
	细	————	0.25b	可见轮廓线　图例线
实线	粗	- - - - -	b	见有关专业制图标准
	中	- - - - -	0.5b	不可见轮廓线
	细	- - - - -	0.25b	不可见轮廓线　图例线
实线	粗	- - - - -	b	见有关专业制图标准
	中	- - - - -	0.5b	见有关专业制图标准
	细	- - - - -	0.25b	中心线　对称线等
双点长画线	粗	—·· — ·· —	b	见有关专业制图标准
	中	—·· — ·· —	0.5b	见有关专业制图标准
	细	—·· — ·· —	0.25b	假想轮廓线　成型前原始轮廓线
折断线		—─/\─—	0.25b	断开界线
波浪线		～～～	0.25b	断开界线

表 5-8

建筑设计及装饰工程制图的文字、数字或符号等，均应笔画清晰，字体端正，排列整齐，标点符号正确。

文字的字高应选用如下系列：3mm、5 mm、5 mm、7 mm、10mm、14mm、20mm。拉丁字母、阿拉伯数字与罗马数字的字高，应不小于2.5mm。当注写的数字小于0时，必须写出个位的0，小数点采用圆点，例如0.01。

长仿宋字、拉丁字母、阿拉伯数字与罗马数字示例见《技术制图字体》(GB/T1469193)。

建筑制图的比例，应为图形与实物相对应的线性尺寸之比。比例的大小是指其比值的大小，如1：50大于1：100。比例宜注写在图名的右侧，字的基准线应取平，比例的字高宜比图名的字高小一号或二号（图5-9）。

平面图 1：100   ⑥ 1：100

图 5-9

绘图所用的比例，应根据图样的用途与被表示对象的复杂程度，从（表5-10）中选用，并优先选用表中常用比例。一般情况下，一个图样应选用一种比例。

常用比例	1：1	1：2	1：5	1：10	1：20	1：50	1：100	1：150	1：200
	1：500	1：1000	1：2000	1：5000	1：10000	1：20000	1：50000	1：100000	1：200000
可用比例	1：3	1：4	1：6	1：15	1：25	1：30	1：40	1：60	1：80
	1：250	1：300	1：400	1：600					

表 5-10

五、表示符号

定位轴线

定位轴线是建筑定位的重要表示方法。采用细单点长画线绘制，一般应编号，编号注写在轴线端部的圆内，圆用细实线绘制，直径8mm—10mm。定位轴线圆的圆心，在轴线的延长线上或延长线的折线上。

平面图上定位轴线的编号，宜标注在图样的下方与左侧。横向编号用阿拉伯数字从左到右按顺序注写，竖向编号用大写拉丁字母从下至上按顺序注写（图5-11）。

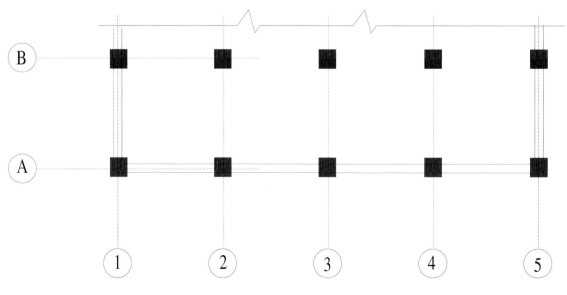

图 5-11

拉丁字母的I、O、Z不得用做轴线编号。如字母不够用可增用双字母或单字母加数字注脚，选用 AA、BB、CY 或 A₁、B₁、Y₁。 较复杂的平面图定位轴线也可采用分区编号。

两根轴线之间的附加轴线，应以分母表示前一轴线的编号，分子表示附加轴线的编号用阿拉伯数字按顺序注写。

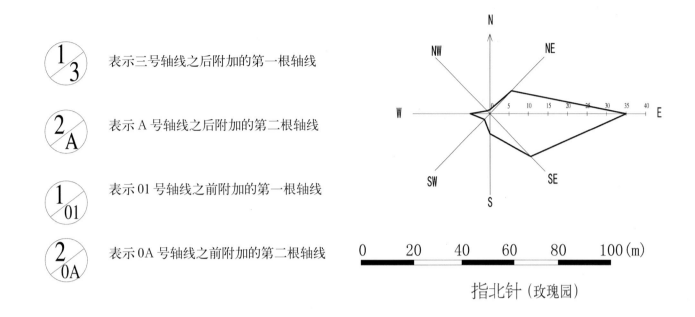

$\dfrac{1}{3}$　表示三号轴线之后附加的第一根轴线

$\dfrac{2}{A}$　表示 A 号轴线之后附加的第二根轴线

$\dfrac{1}{01}$　表示 01 号轴线之前附加的第一根轴线

$\dfrac{2}{0A}$　表示 0A 号轴线之前附加的第二根轴线

指北针（玫瑰园）

圆形平面图定位轴线的编号，其径向北轴线宜用阿拉伯数字表示，从左下角开始按逆时针顺序注写，其圆周轴线宜用大写拉丁字母表示，从外向内按顺序注写（图5-12）。

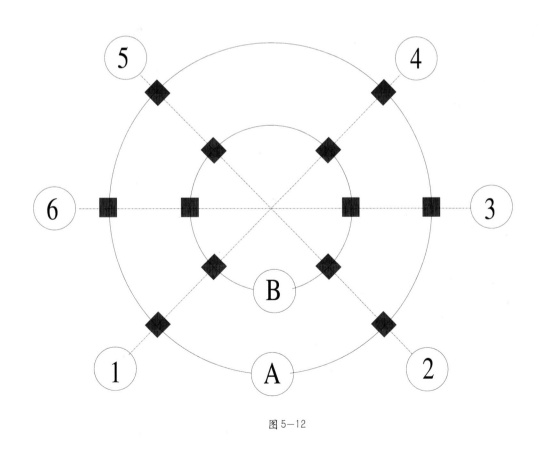

图 5-12

剖切符号

剖切符号由剖切位置线及投射方向线组成，均应以粗实线绘制。

剖切位置线的长度为6mm—10mm；投射方向线应垂直于剖切位置线，长度短于剖切位置线，宜为4mm—6mm（图5-13）。

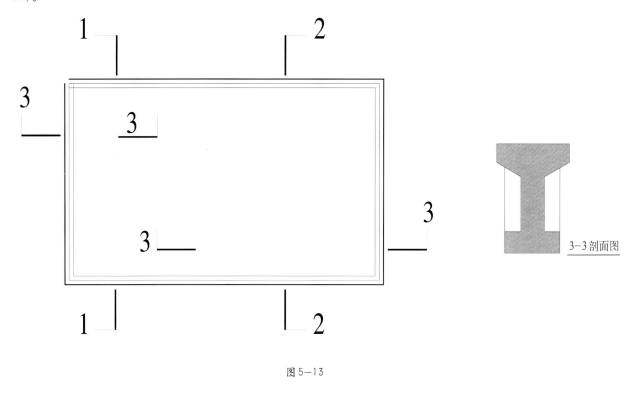

图 5-13

剖视剖切符号的编号宜采用阿拉伯数字，按顺序由左至右、由上至下连续排列，并应注写在剖视方向线的顶端。需要转折的剖切线，在转角的外侧加注相同的编号。

断面的剖切符号只用剖切位置线表示，以粗实线绘制长度6mm—10mm（图5-13），编号一侧为断面剖视方向。

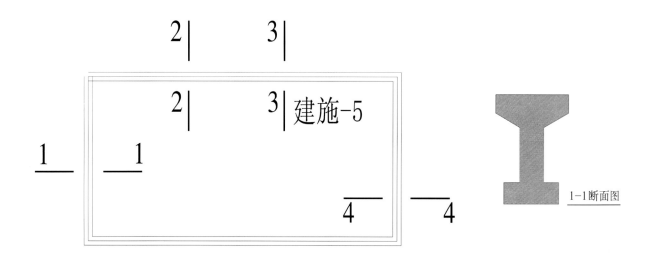

图 5-14

索引符号与详图符号

施工图中的某一局部或构件大样，如需另见详图以索引符号索引。

索引符号由直径10mm的圆和水平直径组成，均由细实线绘制（图5—15）。

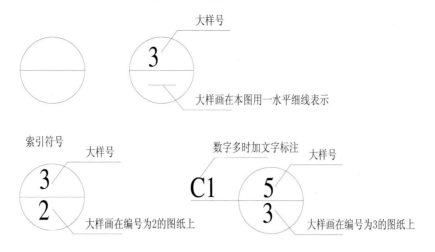

图 5—15

索引符号用于索引剖视详图，应在被剖切部位绘制剖切位置线，并以引出线引出索引符号，引出线所在的一侧为投射方向，见图5—16。

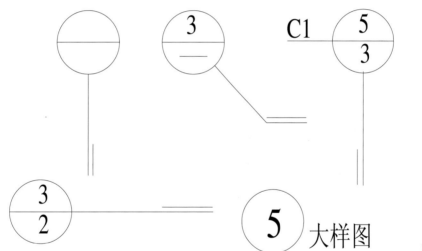

图 5—16

施工图纸的引出线应以细实线绘制，宜采用水平线加与水平方向成30°、45°、60°、90°的直线，或经上述角度再折为水平线。文字说明宜写在水平线的上方，也可写在端部（图5—17）。同时引出几个相同部分的引出线，宜相互平行或集中于一点（图5—18）。

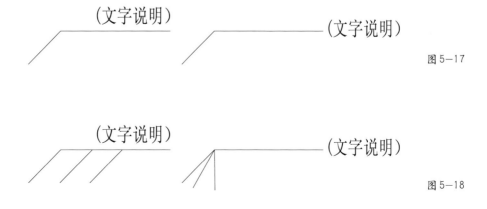

（文字说明）　　　　　　　　（文字说明）

图 5—17

（文字说明）　　　　　　　　（文字说明）

图 5—18

施工图中的多层构造可共用引出线，通过被引出的各层，文字说明注写在水平线的上方或顶部，文字说明的顺序由上而下，与被说明的层次相一致（图 5-19）。

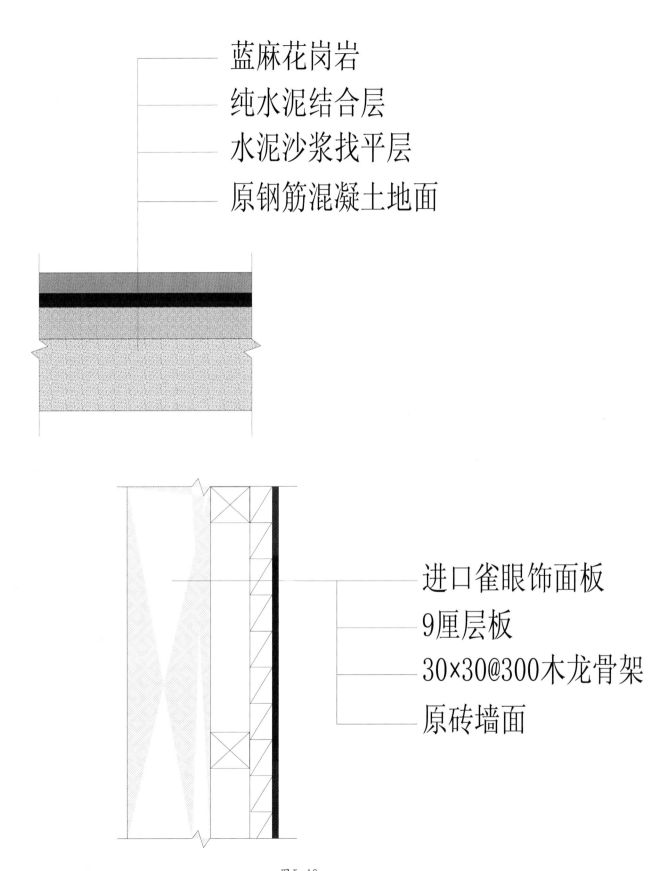

蓝麻花岗岩
纯水泥结合层
水泥沙浆找平层
原钢筋混凝土地面

进口雀眼饰面板
9厘层板
30×30@300木龙骨架
原砖墙面

图 5-19

对称符号由对称线和两端的两组平行线组成。对称线用细单点长画线绘制；平行线用细实线绘制，长度为6mm—10mm，每组的间距宜为2mm—3mm；对称线垂直平分于两组平行线，两端超出平行线2mm—3mm（图5-20）。连接符号以折断线表示需连接的部位。两部位相距过远时，折断线两端靠图样一侧标注大写拉丁字母表示连接编号。两个被连接的图样必须用相同的字母编号（图5-21）。

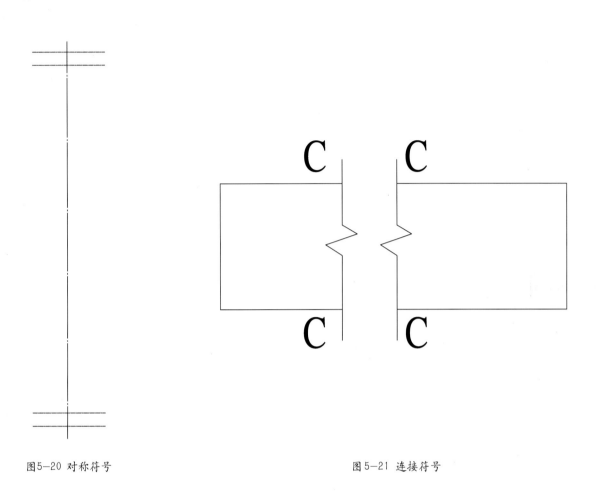

图5-20 对称符号   图5-21 连接符号

内视符号

为了表示室内立面在平面图上的位置，应在平面图上用内视符号注明视点位置、方向及立面编号。

符号中的圆圈用细实线绘制，圆圈直径可选择8mm—10mm，立面编号宜用拉丁字母或数字（图5-22）。

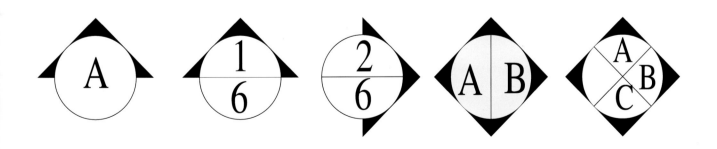

图5-22 内视符号

标高符号

标高符号以直角等腰三角形表示，用细实线绘制。标高符号的具体画法如图 5-23。

总平面图室外地坪标高，用涂黑三角形表示（图 5-24）。

标高符号的尖端应指至被注高度的位置。标高数字以米为单位，取至小数点后第三位。零点标高应注成 ±0.000，正数标高不注＋，负数标高应注－。标高是施工的重要依据不可忽视。

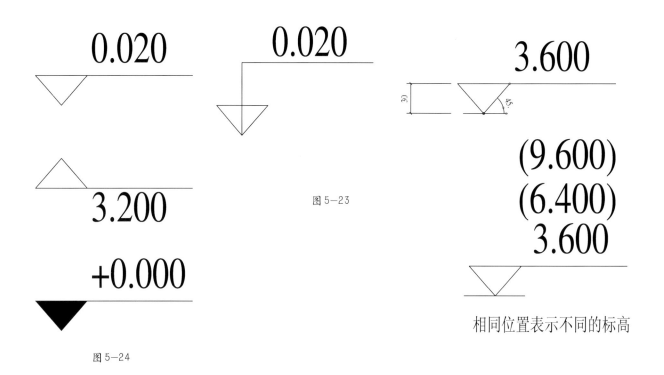

图 5-23

图 5-24

相同位置表示不同的标高

尺寸标注

建筑及装饰施工图图样上的尺寸，包括尺寸界线、尺寸线、尺寸起止符号和尺寸数字（图 5-25）。

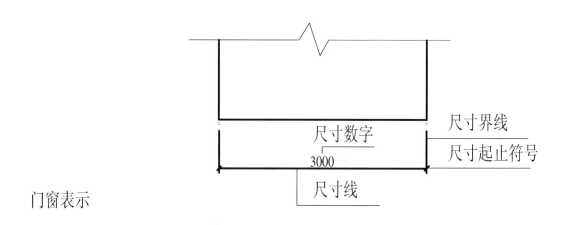

门窗表示

图 5-25

六、常用建筑材料图例

常用建筑材料图例可按图表5-26所示图例画法绘制。

序号	名称	图例	备注
1	夯实土壤	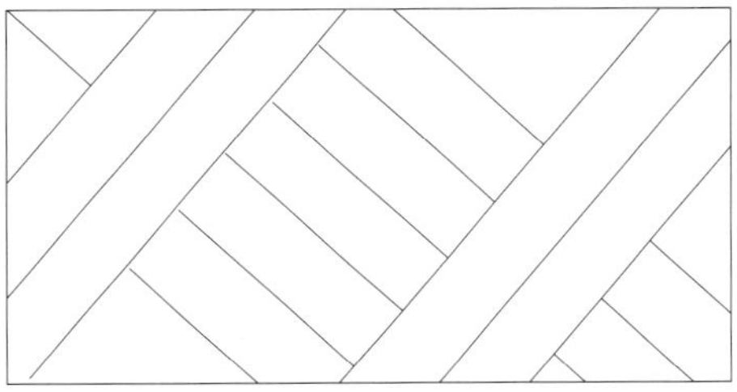	
2	砂、灰土		
3	毛石	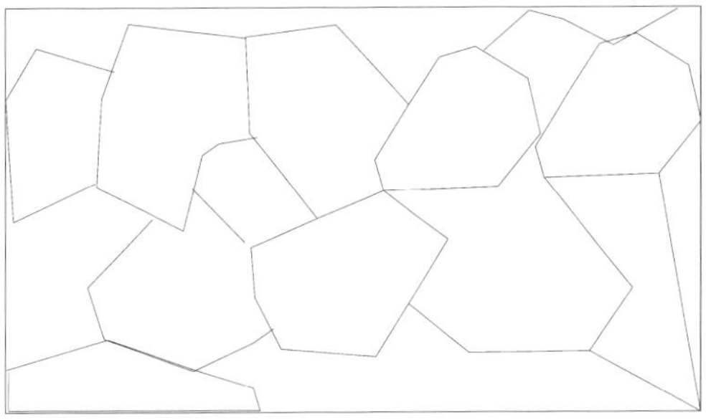	
4	普通砖墙		
5	饰面砖	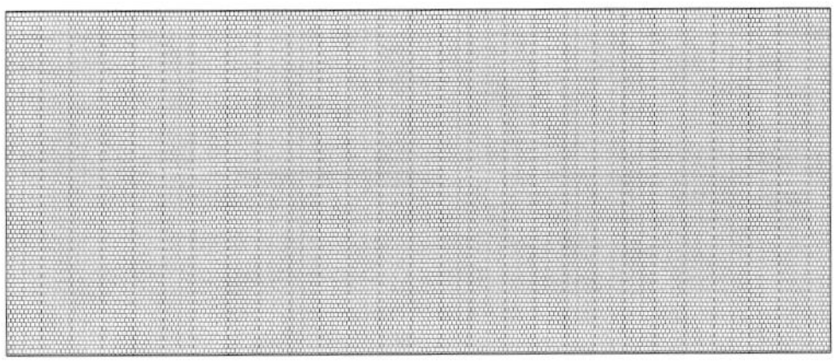	

图表5-26①

6	混凝土		
7	钢筋混凝土		
8	石材		
9	多孔材料		
10	纤维材料		
11	木材		
	木材		

12	胶合板	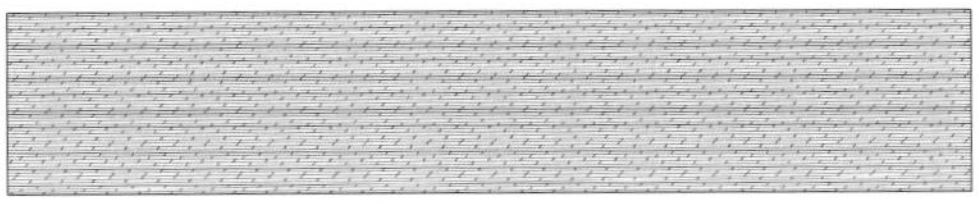	
13	软包		
14	石膏板		
15	玻璃	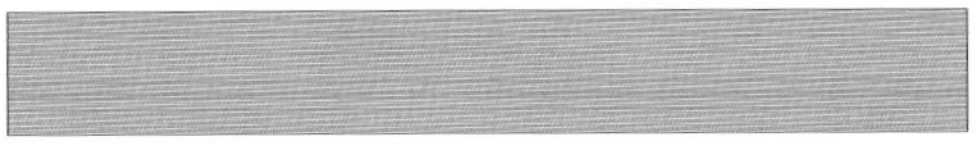	
16	金属		
17	水体	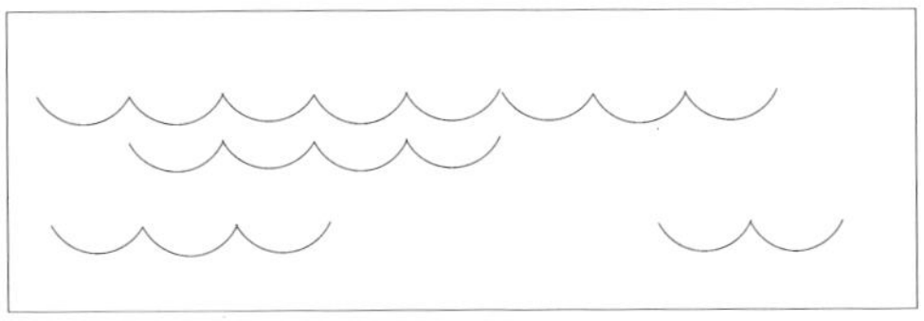	
18	喷涂粉刷		

图表 5-26 ③

第六章　室内装饰工程施工图的编制

一、施工图的产生、分类及主要内容

施工图是设计师与施工队进行设计交底的依据，施工图的质量特别是施工图绘制环节，关系到能否很好地体现设计意图，包括明确对实施该工程所应用的技术条件。

项目施工图设计绘制

1. 深入完善设计阶段。画出比较简略的主要图纸，进行分析讨论，明确应用的技术、材料和工艺，并进行初步工程概算。

2. 施工图正式绘制阶段。画出比较详细的主要平、立、剖面图纸，进一步绘制连接节点及大样，并进行工程实际尺寸的校对核实，出内部工作图。

3. 施工图正式输出阶段。各分区及工种（电施、水施图）画出完整的图纸后，进一步进行相互间连接接口校对，预先解决各工种之间的矛盾。此环节处理不好会对施工造成很大的麻烦，有可能造成直接经济损失。核对后正式出施工图，设计及绘图人员签字确认。此阶段应包括该设计工程项目的预算书（设计方应提供）。送交业主。

4. 解决施工设计问题阶段。工程开工时进行设计交底，施工中及时现场解决设计问题，参与选材定材等工作，工程竣工应参与工程验收并签字确认，完成该项设计任务。

施工图的种类

1. 建筑完整施工图主要由建施、结构、水施、电施、暖通几个工种的施工图组成。

2. 室内装饰施工图主要由装施、电施、水施三个工种的施工图组成。

室内装饰施工图的主要内容

1. 图纸目录：说明该工程由哪几个工种的图纸组成，图纸名称、图号顺序，目的为快速查找图纸。

2. 施工设计总说明：主要说明该工程的概貌及设计要求。内容包括工程设计依据、设计标准、施工技术及材料要求、消防要求、工程施工验收标准等（图6-1）。

3. 施工设计主材表：内容包括工程设计分区用材表、主要材料及设备，标明规格、型号、产地等，便于统计工程的主材及设备（图6-2）。

4. 室内装饰施工图：图纸量较大，主要表示该工程的设计情况。基本图纸包括总平面图、平面图、立面图、剖面图、节点大样图等，表示清楚各部装修、构造等详细做法。

5. 室内装饰电气施工图：主要表示该工程电气线路走向、灯位插座、安装要求。图纸包括系统图、平面图、接线原理图以及详图等。并附材料表。

6. 室内装饰给排水施工图：主要表示该工程管道的布置和走向，构件做法和加工安装要求。图纸包括系统图、平面图、详图及材料表等。

除上述几种施工图外，还有建筑施工图、结构施工图、暖通施工图等，均由具备国家建筑设计资质的设计单位出图，室内装饰公司一般不具备这些资格。

快乐时空装饰设计施工说明

一、工程概况

1. 南宁快乐时空娱乐城以时尚的设计手法，结合"太阳"、"星星"、"月亮"创造出欢快浪漫、有很强刺激力度的超现代娱乐场所，有专为高层人士提供交际用的超豪华包间，以及为年轻人士设计的激情涌动的迪厅，梦幻的时空隧道，为成功人士设计的演艺吧，动静相宜，雅俗共赏，建成后将以其独特的室内环境，成为南宁市一颗耀眼的休闲娱乐明珠。

2. 本工程装饰面积约5000m²，包括一、二、三层。

二、设计原则

力求使功能合理，美观实用，用材与手法创新，体现出时尚而又不失素雅气质的特色风格。

三、材料要求

1. 严格按照甲方审定的材料样板选送材料施工。
2. 材料质量必须符合国家有关规定。
3. 主要材料必须提供有关产品合格证。
4. 精心选材用材，充分表达装饰设计意图。

四、施工要求

1. 楼地面：
   (1) 石材地面做法：参照98ZJ001，第16页，楼13。
   (2) 地毯做法：原土建地面，地毯防潮胶，地毯，四周钉木钉条固定。做法参照98ZJ001，第20页，楼27，面层详平面图。
   (3) 卫生间地面：做法参照98ZJ001，第20页，楼27，面层详平面图。

2. 墙面：
   (1) 木龙骨墙裙及墙面造型做法：详各处详图。另须注意以下几点：
      a. 木龙骨造型墙面做防潮层，涂防潮沥青两遍，木龙骨满涂防火涂料，夹板背面满涂光油两遍；
      b. 木龙骨与砌体接触部分均应涂防腐油。面板满涂清漆参照98ZJ001，第55页，涂5。
   (2) 石材墙面做法：干挂石材做法详各处详图。
   (3) 乳胶漆墙面做法：参照98ZJ001，第60页，涂23，颜色，规格详各处详图。

3. 埃特板吊顶：采用60系列轻钢龙骨8厘墙埃特板，刮腻子面油乳胶漆，面层做法参照98ZJ001，第60页，涂23（乳胶漆颜色详各天花平面图）。吊顶吊杆，大样详98ZJ521<2/22>。面层做法参照98ZJ521<2/22>。

五、消防要求

1. 严格按照国家最新有关消防规范。
2. 设计上严格控制使用可燃材料，不可避免的均须进行阻燃处理。
3. 天花造型、墙面造型等木的装饰面须涂防火涂料三道才能进行面层装饰。
4. 有与原有消防设计冲突之处，现场协商解决。
5. 图纸经消防支队审核后，在施工过程中如有修改须须报批。

六、验收要求

质量：以国家现行有关技术标准和现行的施工技术验收规范的规定执行。

七、本施工图如有不详之处，现场处理或按国家施工验收规范施工。

安全：以《建筑施工安全检查标准》JGJ59—99的规定执行。

图6-1 施工设计说明

快乐时空娱乐城装施主材表

区域	地面	墙面	天面	柱面	门
外立面	印度幻彩红石材	角钢架、金色铝板、卡布隆板、薄钢板			
大堂	印度幻彩红石材、15厘钢化磨砂玻璃	幻彩红、金色铝板、金属漆、总台局部人造阴石	轻钢龙骨埃特板白色乳胶漆、局部金色布幔	铜柱、玻璃钢艺术柱	12厘白玻配锻铜装饰门
主入口走廊	茨光地毯、铜板	深灰色铝板、5厘、10厘白玻	轻钢龙骨埃特板白色乳胶漆	玻璃钢艺术柱	
迪厅入口走廊	茨光地毯、铜板	深灰色铝板、黑玻漆、人造阴石、玻璃钢高浮雕组	喷黑漆	铜制门洞造型	
主入口楼梯	进口蓝钻石材	18厘层板、金色铝板、薄花纹钢板	与墙面同一造型		
一层包厢区走廊	茨光地毯、铜板	金属装饰板、金色哑光金属漆、5厘镜玻、半腐蚀铜板	金色穿孔铝板造型、明管道喷黑漆		双18厘板底、面铜板艺术处理
二层包厢区走廊	茨光地毯	银灰色金属装饰板、银灰色哑光金属漆、半腐蚀粗糙不锈钢板	轻钢龙骨埃特板白色乳胶漆		双18厘板底、面蓝色金属漆、有机玻璃拉手
三层包厢区走廊	地毯	高档暖色墙纸、金色金属漆、汉白玉石材	轻钢龙骨埃特板、夜光星空图案墙纸	金色金属漆	双18厘底面樱桃木、金色金属漆
迪厅	茨光地毯、紫檀实木地板、15厘钢化玻	人造真阴石、铜波纹板、中空玻璃、黑漆、槽钢架、钢管	包吸属泡木、黑漆、钢结构造型	钢柱、黑漆	厚实隔音艺术门、创作
二层回廊	地毯、薄花纹钢板、15厘钢化玻	蓝色漆毛面喷涂、12厘有机玻璃弧板、不锈钢板	轻钢龙骨埃特板白色乳胶漆	12厘有机玻包柱	
三层回廊	地毯分色、铜板镶嵌	白色毛面喷涂、12厘有机玻、红色线荷布幔	轻钢龙骨埃特板进口吸管浅色墙纸、花纹钢板	柱面包12厘有机玻璃	
演艺厅	地毯、紫檀木地板、15厘钢化玻、进口紫罗红石材吧台面	金色布软包、金影布、裂纹金漆、5厘镜玻、红色绒布		紫罗红石材装饰石	双18厘板底、面艺术层有机玻璃拉手
公共卫生间	印度幻彩红石材、彩色马赛克	7厘磨砂玻、彩色马赛克	轻钢龙骨埃特板白色乳胶漆		18厘板底面金属漆、配不锈钢件拉手（方形）、有机玻璃
包厢卫生间	印度幻彩红石材	喜来登墙砖（白、金、土红色）、7厘镜玻	轻钢龙骨埃特板白色乳胶漆		18+12厘板底面金属漆、有机玻璃拉手
二层豪华包房	进口地毯、花岗岩拼花	石材壁龛、进口高档墙纸	轻钢龙骨埃特板白色乳胶漆、金布		樱桃木
三层豪华包房	进口红色地毯、花岗岩拼花	樱桃木包铜饰件	轻钢龙骨埃特板白色乳胶漆、金箔、金色布幔、太阳造型	木柱包金	双18厘层板面包金箔肌理
豪华房卫生间	印度幻彩红石材	西班牙浅色墙砖、金点黑麻花岗岩洗手台面	轻钢龙骨埃特板白色乳胶漆		樱桃木门、金拉手
普通包厢	地毯	软包、金属漆、墙纸			

图6-2 工程装饰主要用材表

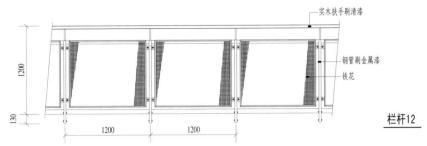

栏杆12

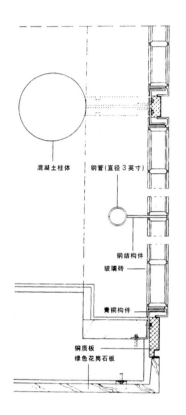

混凝土柱体
钢管(直径3英寸)

钢结构件
玻璃砖
青铜构件

铜质板
绿色花岗石板

铜质板
青铜构件

青铜构件

中空玻璃

人造板贴白色枫木饰面
混凝土柱体
玻璃砖

青铜构件
铜质板
热水进水管

施工详图应注明各部位用材及不同材料之间的连接做法，尺寸精确到毫米，并标注清楚。是工人施工时的重要依据。

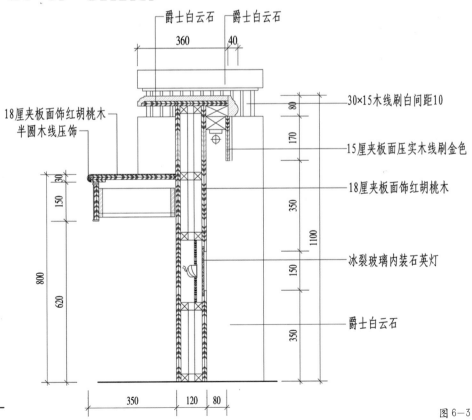

爵士白云石　爵士白云石

18厘夹板面饰红胡桃木
半圆木线压饰

30×15木线刷白间距10

15厘夹板面压实木线刷金色

18厘夹板面饰红胡桃木

冰裂玻璃内装石英灯

爵士白云石

Ⓐ 剖图

图 6—3

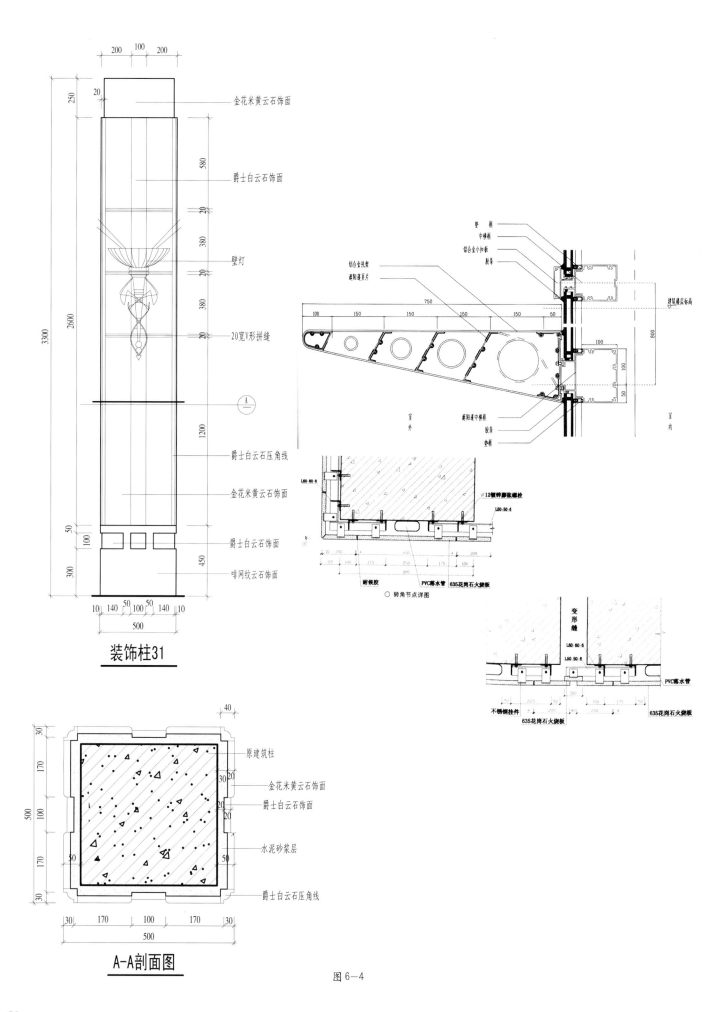

装饰柱31

金花米黄云石饰面
爵士白云石饰面
壁灯
20宽V形拼缝
爵士白云石压角线
金花米黄云石饰面
爵士白云石饰面
啡网纹云石饰面

垫框
中横框
铝合金小扣板
胶条
铝合金托架
遮阳遮叶片
建筑楼层标高
遮阳遮中横框
胶条
垫框
室外
室内

L60·50·6
∅12镀锌膨胀螺栓
L50·50·6
耐候胶
PVC落水管
635花岗石火烧板
○ 转角节点详图

变形缝
L60·50·6
L50·50·6
PVC落水管
不锈钢挂件
635花岗石火烧板
635花岗石火烧板

原建筑柱
金花米黄云石饰面
爵士白云石饰面
水泥砂浆层
爵士白云石压角线

A-A剖面图

图6-4

50

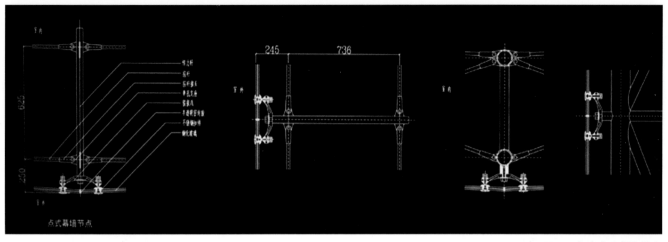

点式玻璃幕墙节点

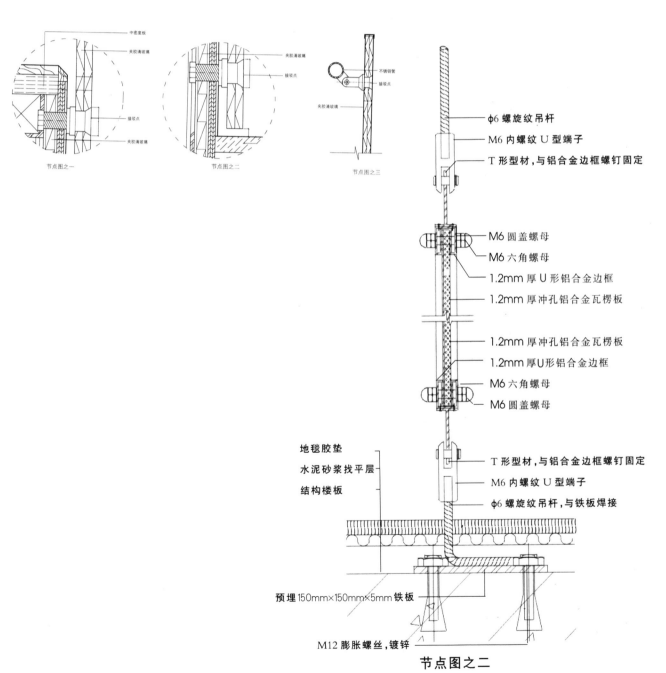

- φ6 螺旋纹吊杆
- M6 内螺纹 U 型端子
- T 形型材,与铝合金边框螺钉固定
- M6 圆盖螺母
- M6 六角螺母
- 1.2mm 厚 U 形铝合金边框
- 1.2mm 厚冲孔铝合金瓦楞板
- 1.2mm 厚冲孔铝合金瓦楞板
- 1.2mm 厚 U 形铝合金边框
- M6 六角螺母
- M6 圆盖螺母
- T 形型材,与铝合金边框螺钉固定
- M6 内螺纹 U 型端子
- φ6 螺旋纹吊杆,与铁板焊接

地毯胶垫
水泥砂浆找平层
结构楼板

预埋 150mm×150mm×5mm 铁板

M12 膨胀螺丝,镀锌

节点图之二

图 6—5

第七章　建筑制图的表现方式

一、透视图

1．根据透视规律，透视图分为：一点透视（平行透视）、两点透视（成角透视）及三点透视三类。

实际设计运用中透视图包含徒手透视稿、上色快速透视表现图、按比例绘制的严谨透视线图、三维电脑渲染效果图等多种表现形式。

2．透视的基本术语：

视平线——与画者眼睛平行的水平线。

心点——与画者眼睛正对着视平线上的一点。

视点——画者眼睛的位置。

视中线——视点与心点相连，与视平线成直角的线。

消失点——与画面不平行的成角物体，在透视中伸远到视平线心点两旁的灭点。

天点——近高远低的倾斜物体，消失在视平线以上的点。

3．透视图具有设计点表达准确清晰的特点。

透视图符合人的视觉规律，可以促进思维的想像空间，并有一定的启发性，使人容易对设计方案理解与接受。室内设计中经过精心绘制的透视图，是提交给业主的重要设计文件，可以用来交流及分析设计方案，所以实践运用非常广泛。

很多设计公司把徒手绘制透视图作为基本功来要求。

手绘透视图

空间设计图

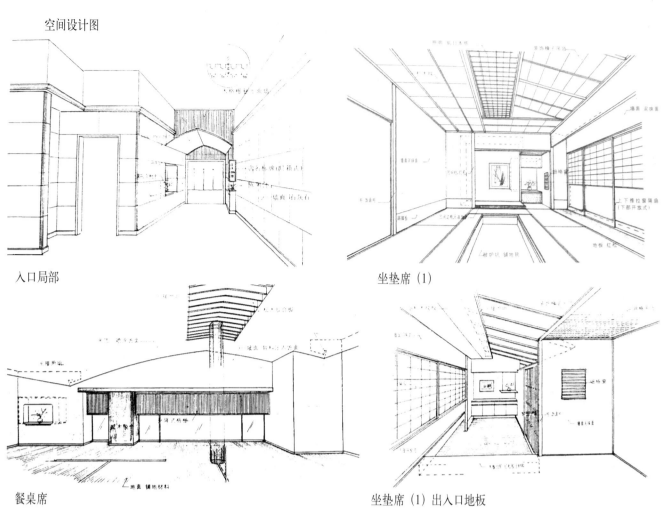

入口局部   坐垫席（1）

餐桌席   坐垫席（1）出入口地板

手绘透视效果图

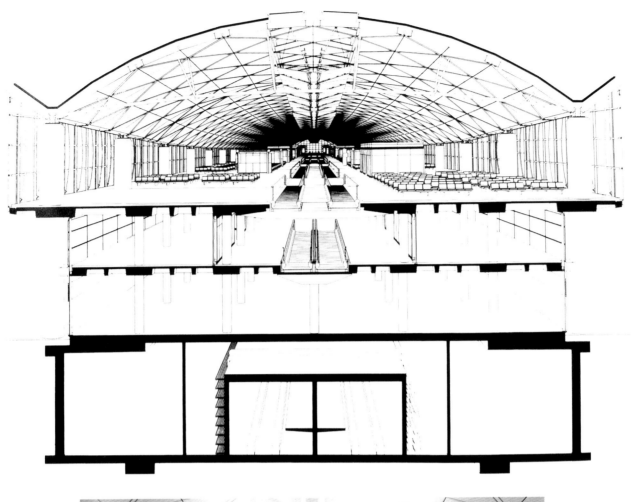

建筑室内透视剖
面图

室内透视效
果图与建筑剖面
图综合的使用，
将不同类型双方
的特性有机地结
合起来，既能反
映室内空间的特
点又能令人对建
筑整体与局部产
生进一步认识，
使设计师的想法
与受众之间产生
共鸣。

地铁站透视图

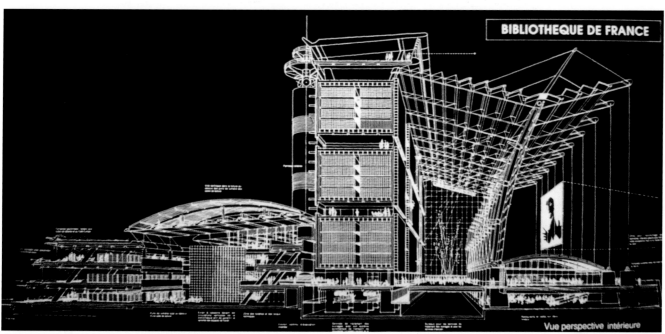

法国国家图书馆（巴黎）计算机辅助透视图

法国国家图书馆（巴黎）建筑模型

展厅室内电脑透视效果图

手绘建筑透视效果图

二、鸟瞰图

鸟瞰图是透视图中的一种特殊表现形式，是常规透视规律中将视平线提升到一定的高度，产生观者位于对象物体的上空向下观望的透视效果。这种类型的透视图常常用于表现大场景的区域性规划设计或景观设计。

城市规划鸟瞰图

建筑鸟瞰图

建筑及环境鸟瞰图

建筑环境鸟瞰图

建筑设计预想图

环境规划设计鸟瞰图

《桂林象鼻山景区环境规划设计》（投标方案）　广西艺术学院设计学院设计中心陶雄军主持项目设计　乔萃俐设计绘制

环境规划设计鸟瞰图

《广西剑麻集团工业园景观规划设计》（中标方案）　陶雄军　毛军作品

环境规划设计鸟瞰图

《桂林象鼻山景区环境规划设计》（投标方案）　广西艺术学院设计学院设计中心陶雄军主持项目设计　黎明设计绘制